ちくま文庫

# できない相談

piece of resistance

森 絵都



筑摩書房

# 目次

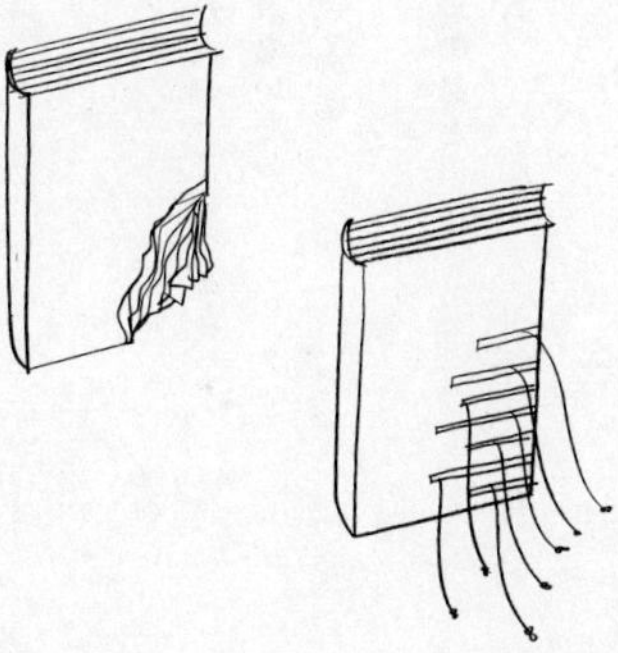

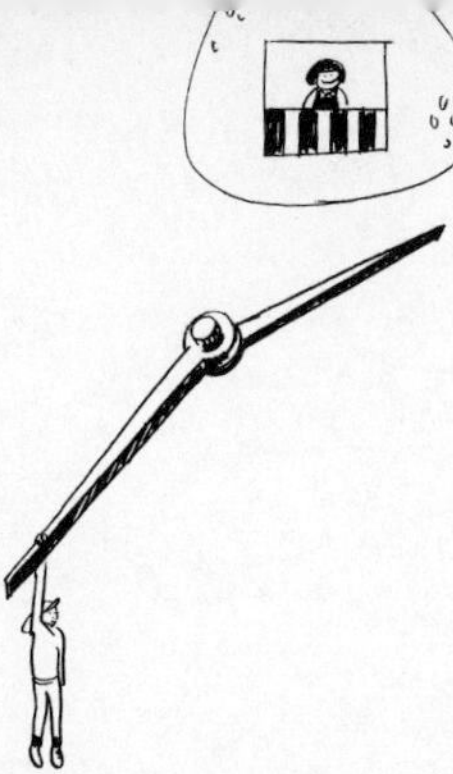

目次・扉イラスト　長崎訓子
目次・扉デザイン　鈴木久美

# できない相談

piece
of
resistance

Eto Mori

# 1　2LDKの攻防

日曜日の午後、裕美《ひろみ》は必ず念入りな掃除をする。玄関。廊下。浴室。洗面所。リビング。キッチン。階段。寝室。自ら引いた順路に沿って一週間分の塵埃《じんあい》を一網打尽にする。

夫との二人暮らしで、平日はどちらも仕事に出ているため、さほど汚れはたまっていない。それでも、念には念とばかりに掃除機のヘッドを部屋から部屋へ、空間から空間へと隈《くま》なく行き渡らせていく。唯一、夫である晋一《しんいち》の書斎を例外として。

名ばかりの書斎で会社から持ち帰った仕事をするふりをしながらゴルフ用品の格安ネットショップを梯子《はしご》していた晋一は、今週もまた部屋の前を素通りしていく掃除機の音に耳をそばだてる。かれこれ十年も扉ごしにその音を聞きつづけている。つくづく執念深い女だと思う。

裕美が最後に書斎の掃除をしたのは、入籍と同時に二人が今のマンションへ移って間もない日曜日だった。三十路同士の結婚で、互いに気ままな一人暮らしが長かったせいか、新婚生活の甘いときめきよりも窮屈さのほうが勝っていたころだ。

その午後、晋一が書斎でビールを片手に島耕作シリーズの最新刊を楽しんでいると、突如、けたたましい轟音とともに乱入してきた掃除機が床を這いまわりはじめた。

晋一は寝込みを襲われた気がした。漫画がいいところだったのに。土足で聖域を踏みちらかされた気がした。人権を蹂躙《じゅうりん》された気さえした。

「せっかくの休日に、なんだよ。あとにしてくれよ」

声をとがらせた次の瞬間、猫のように光った妻の目を見て、ゾクッとした。

晋一と同様、日々残業に追われている裕美にとっても、その日は「せっかくの休日」であるはずだった。家事は分担しようと話し合っていたものの、晋一は掃除機に触れたことすらなかった。

「いや、その……あとで、自分でやるから」

しどろもどろに言いそえると、猫の目のまま裕美はこっくりとうなずいた。

その日を境に、晋一は二度と休日のくつろぎタイムを掃除機に侵害されることはなかった。

「あとで自分でやってね」

通りすがりに嫌味を言われたのも最初のうちだけで、書斎の掃除はもはや言うにおよばぬ晋一自身の仕事となっている。たとえそれを怠ったまま一日を終えても裕美は知らぬ存ぜぬの顔である。

実際問題、彼女の管轄外である書斎がどんなに荒れていようと、裕美にはなんの痛《つう》痒《よう》もありはしないのだった。自らのテリトリーから埃を一掃すると、裕美は晴ればれとした気分でリビングのソファに腰かける。ここからが彼女の休日だ。雑誌をめくるもよし、録りためていた映画を観るもよし、インスタグラムを更新するもよし。

そうして優雅な自由時間を満喫していると、今度は晋一の方がのそのそと活動を開始する。裕美がしまったばかりの掃除機を納戸へ取りに行き、ふたたび書斎へ戻る。狭い部屋なので掃除はものの数分とかからない。これくらいついでにやってくれてもいいのにと心でぼやいたあと、続いて晋一が向かったのはベランダだ。

朝一番で干していた洗濯物を確認。太陽の熱を吸いこんだそれらを回収しながら、「いつから洗濯は俺の分担になったんだっけ」とふと疑問に思うも、もはや記憶が定かでない。

洗濯機をまわすくらいはわけがない。洗ったものを干すのも晋一は嫌いではない。くしゃくしゃによれた衣服をぱん、ぱんと威勢よく広げ、首尾よくピンチハンガーに吊していく。裕美の下着は目立たない内側へ。バスタオルは別途のタオル干しへ。型崩れするシャツ類はすべりどめつきのハンガーへ。

手慣れるほどにこだわりが増えていき、最近の彼は全体の色合いにも一家言《いっかごん》をもつようになった。グラデーションの美しさまで意識しはじめたら、もはや洗濯干しは一種のファンタジーだ。

翻って、「畳み」はリアリズムの極みである。手先の不器用な晋一にはこの最終段階がうとましい。皺にならないように。左右対称であるように。靴下のペアを取りちがえないように。ちまちまとした注意事項にいらつきながら一枚一枚を折り畳み、整然と重ねたそれらを然るべき引きだしへ収めていく。

一連の作業を終えるとホッと息をつき、ネットニュースでゴルフトーナメントの結果でも見ようと書斎へ引きかえす。

天井ごしに洩れ伝わっていた晋一の気配が鎮まると、リビングの裕美は広げていた雑貨カタログを伏せ、のっそり立ちあがる。足音を忍ばせて寝室へ向かい、雨天用の物干しスタンドに取り残されている自分の下着に手をのばす。ついでに畳んでくれればいいのにと心でぼやくも、それを口に出すことはない。

数年前のある日、くしゃっと雑に丸められていたブラジャーを見とがめ、「読み古した新聞みたいに畳まないでよ」と抗議をした自分に、夫が向けた野獣のような目を今も憶えているからだ。

# 2　指名はしません

指名はございますか。予約の電話をするたび、決まってそう問われる。「ございませんか」ではなく「ございますか」。いいえ、とちづるが返したあとには数秒の沈黙が訪れる。

マッサージ師二人が営むその小さな治療院では、どうやら客の多くがどちらか一方を指名しているらしい。田中《たなか》さんか上原《うえはら》さん。どちらへ付くのかあなたもそろそろはっきりしてほしい。そんな無言の圧力を感じながらも、ちづるはそれに応えない。

「ええ、とくに指名はありません」

近場にマッサージ店が一軒しかない不運を呪いつつ、ちづるは持病の腰痛をこらえて徒歩十分の道を行く。迎えてくれるのが田中さんであろうと上原さんであろうと、きっと今日もぎこちない笑顔で挨拶をかわすことになる。謂《い》われのない後ろ暗さがのしかかり、ますます腰がだるくなる。

三十代前半で筋肉質、学生時代は水球に打ちこんでいたという田中さんの場合、ちづるが何も言わずとも着替えの上下スウェットが用意されている。万事において彼はてきぱきとしている。返事もいい。何事にも一生懸命で、五歳の娘からも「パパ、がんばりすぎないで」と言われているらしい。

田中さんの施術を一言で表すならば「パワー至上主義」だ。とにかく力で押す。全体重をかけてこれでもか、これでもかと押しまくる。人間の骨は鉄より硬いとでも信じていなければ出せないほどの馬鹿力だ。

当然、痛い。ものすごく痛い。それを伝えると「あ、すみません」と多少は手心を加えるものの、引いた波がふたたび寄せるがごとく、数分後にはまたむくむくと親指が威力を増していく。痛いです。あ、すみません。痛いです。あ、すみません。その絶え間なきくりかえし。

結果、たとえ腰痛が軽減されても、施術後のちづるには「痛みを取るためにあれほどの痛みに耐える必要があったのか」との疑念がつきまとうのである。

一方、上原さんはセオリーの人だ。おそらくは四十代の半ば、亀の飼育が趣味でバツイチの彼は、世の中に絶対は存在しないとばかりに、施術前に必ず「着替えをされますか」と尋ねてくる。たとえちづるが仕事帰りのスーツ姿であっても迷わず同じことを聞く。かといってスウェットの用意を億劫がっている風でもなく、「します」と答えるといそいそと更衣室へ案内してくれる。

枕の位置。腕の位置。足を軽く開いておく角度。緻密な指示を行きわたらせたのち、上原さんの施術はまず宇宙との対話から始まる。そうでもなければ説明がつかないほど長いあいだ、ベッドへうつぶせたちづるの背の上でじっと両手をかざしている。そのロスを埋め合わせるように毎回施術を延長してくれるため、金銭的に損を被るわけではないものの、時間を損した気にはなる。

ようやくマッサージが始まると、今度は体との対話が続く。曰く、「体のことは体が一番よくわかっています」。その声に逐一耳を傾け、然るべき手を施《ほどこ》していくのが上原さんのスタイルだ。「胃腸が疲れ気味ですね」「最近、寝不足じゃないですか」「右足を上にして脚を組むクセがないですか」「五臓が冷えていますね」。体の声をいちいち代弁してくれる上原さんから、「つらいところはありますか」とちづる自身の声を問われたことはない。一度、首の凝りがつらいと自ら申し出たところ、それはあなたの主観にすぎないとばかりに軽く流された。

腕は悪くないようで、施術後は腰の調子がいい。が、上原さんから「整いました」と言われたあとには、いつも独特の疲労感が残る。

施術が終わると、三十ポイントで一時間無料となるポイントカードに「田中」か「上原」のはんこを押してもらう。ちづるのカードには二人の名前がランダムに散っていて、新たな一つを押すたび、田中さんも上原さんも少しばかり悲しげな顔をする。ちづるも悲しくなる。近所に新しいマッサージ店ができますように。そう願いながら帰路につく。

# 3　コンビニの母

和也《かずや》の勤め先が間借りしている雑居ビルの一階にはコンビニがある。そのレジに福《ふく》平《ひら》さんが出現したのはおよそ半年前のことだった。

めまぐるしくスタッフが入れ替わる都心のコンビニで、レジ係がまた一人増えたところでふつうは誰も気づかない。その陰で辞めた一人にも気づかない。彼らは個ではなく、あくまでコンビニ店員という集合体の一部として現れ、そして消えていく。和也にはそんな認識があった。しかし、その無機的な循環から遙か外れたところに、突然変異のごとく福平さんは出没した。

その日、昼食を求める客で混みあう店内に足を踏みいれた瞬間から、和也は異様なそわつきを察知した。何かがいつもと違う。客という客の目が泳いでいる。通常ならば休憩時間のくつろぎモードにあるべき人々が妙に緊張している。あるいは、動揺している。

「ありがとうございました。また来てねーっ。お仕事がんばってくださいねーっ」

前方のレジからドラえもんばりのドラ声が響きわたるなり、和也は目を向けるまでもなく直感した。原因はこれだ。

こわごわレジをうかがうと、そこにいたのはゆうに五十をこえたふくよかな女性店員だった。

「はいっ、つぎの方、どうぞーっ。ほんとにもう、お待たせしちゃってごめんなさいねーっ」

ぷっくらとした下ぶくれの丸顔。前髪を額の真ん中でぱりっと分けたショートヘア。「福平」の名札をつけた彼女の風貌は否《いや》が応でもお好み焼きのソースを連想させた。

「はいっ、熱いコーヒー、やけどしないでね。外もね、暑いですからね。気をつけてお持ちかえりくださいね、外もコーヒーもあっつあつだから。ふふふふ」

のちに会社の同僚たちから「押しかけ母さん」と呼ばれることになる福平さんは、デビュー時からして早くもこの強烈なキャラクターを完成させていた。とにかくコミユニケーションの希求がハンパではない。ただお茶を買いに来ただけの客にさえ、これでもか、これでもかとスモールトークごと売りつけようとする。単なるサービス精神に留まらず、そこにはある種の母性が介在しているのがまたいっそう暑苦しい。

和也が最初に受けた洗礼はこれだった。

「あーら、気が合うわあ。私もね、おにぎりは絶対、鮭とおかかって決めてるの。これぞ王道よね。最近、多いじゃない、ツナだとか唐揚げだとかオムライスだとか、もう、そうなっちゃうとおにぎりって言えないじゃない、ねえ。ふふふ、鮭とおかかで正解！」

赤い顔を伏せてレジから立ち去った和也は、あまりに暴力的な干渉に放心しつつ、「あの人は長くない」と胸中ひそかに予言した。

都会では人と人との関係が希薄だ。都会人は孤独だ。誰もがみな寂しい――などなど、いろいろ言われてはいるものの、つまるところは皆、その希薄な人間関係のすがすがしさを求めて、粘っこいしがらみに満ちた田舎から上京してきたのである。母さん的な情を田舎の母さんに求めはしても、コンビニの店員には求めない。遅かれ早かれ、客からのクレームで彼女はあの過干渉を自制することになるだろう。和也にはそんな未来が透けて見えるようだった。

ところが、その日はいっこうに訪れなかった。和也の未来予測に反して、福平さんはその後もコンビニのレジに立ちつづけた。しかも、自制どころか客への過干渉をエスカレートさせて。

「私もね、好きなのよ、これ。下手な専門店のたこ焼きよりおいしいわよね。うんうん、冷凍食品もバカにできない、できない。レンジで温めたあと、アルミにのせてオーブントースターで三分、これ、イケるからやってみて。表面カリッとね！」

「まいどありがとうございます。牛乳とバナナ……あら、バナナジュース作るの？」

「はい、はい、大根とウインナー巻きとはんぺん……玉子はいいの？　はい、はい、糸こんにゃくと牛すじと巾着餅……玉子はいいの？」

ぐいぐいと籠の内側へ踏みこんでくる押しかけ母さんに食傷し、和也の同僚たちは一人、また一人と別のコンビニを利用しはじめた。たとえ四、五分の手間をかけても、福平さんに吸われるエネルギーを思えば安くつくとの判断だ。間もなく和也もその一人に加わった。この現象が和也の身のまわりだけで起こっているわけではないことは、新たに通いだしたコンビニの賑わいからも見てとれた。

かといって、福平さんのコンビニで閑古鳥《かんこどり》が鳴きはじめたのかといえば、摩訶不思議にもそうでもないのだった。いつ通りかかってもガラスの外壁ごしには常に一定数の客影がある。二ヶ月、三ヶ月――いつになっても人気が絶える気配はない。

なぜなのか。もしや福平さんが反省し、接客態度を改めたのか。

下世話な好奇心から、ある日、和也はひさびさにその自動ドアをくぐった。

唖然とした。

変わったのはコンビニの母ではなく、子の層だった。

「おじいちゃん、いつもありがとうねえ。はい、いち、にい、さん……三十万円のお返しでーす。きゃきゃきゃきゃっ。ちゃんとお財布に入れてね、チャックしてね、落とさないでね。また明日も待ってまーすっ」

レジ待ちの列にずらり並んだ白髪の面々をながめ、和也は妙な敗北感を覚えると同時に、都会がそれほど単層的に成り立ってはいないことを学んだのだった。

## 4　東京ドームの片隅で

東京ドームは底から沸いていた。スタンド二階席の最果てにいる晃太《こうた》の目には、うごめく五万の影からむんむんと立ちのぼる熱気が見てとれるようだった。誰ひとり座らず歌手の去ったステージをひしと見入っている。

感涙にむせぶ者。

歌手の名を叫ぶ者。

高々と拳《こぶし》を突きあげる者。

ばらばらに切りはなされていたそれらの興奮は、やがて小さないくつかの塊となり、ついには大きな一つの塊になった。

アンコール。その一語が五万の心を結ぶ。

アンコール。アンコール。みるみる膨れあがっていく合唱が天井の弧に反射し、ドーム狭しと環流する。

アンコール。アンコール。アンコール。地響きのような歓声が最高潮に達した瞬間、ふたたびライトが灯り、ラフなTシャツに着替えた歌手がステージに戻った。

万雷の拍手が彼を迎える。アンコールの曲が始まる。バラードだ。一瞬にして静まり返ったホールを透明な歌声が満たしていく。包むようにあたたかく。とろかすように優しく。

全身全霊を遠いステージへ傾け、晃太はゴマ粒大の歌手と自分を接続するコードをその曲に探す。皆が一つになりたくてここにいる。

バラードのつぎは一転してノリのいいパンクロックだった。この歌手はアンコールを二曲しか歌わない。完全燃焼とばかりに皆は腰をくねらせて踊り、跳び、絶叫する。晃太も踊る。跳ぶ。絶叫する——と、ふいにそのとき、隣席の江利香《えりか》が晃太の肩を突《つつ》いて言った。

「そろそろ行こ」

前のめりに突きあげていた晃太の拳が硬直する。ついさっきまで一緒に踊っていた江利香が急に遠ざかる。息を殺して晃太は自分に迫る。今こそ決断のときだ。

「ね、早く」

忍び声にいらだちを滲ませる江利香に、晃太は意を決してデニムのポケットに差していた一通の封筒を渡した。それから、迷いをふっきるようにステージへ向き直った。

歌手がラストまで歌いあげ、「ありがとうっ」と五万の観衆に別れを告げたとき、晃太の横に江利香の姿はなかった。

――

えっちゃんへ

えっちゃん、いつもコンサートにつきあってくれてありがとう。

いつもぼくの好きなアーティストばっかりで悪いなと思ってたけど、えっちゃんがそんなことない、楽しいよと言ってくれるので、これまで甘えてきました。

実際、いつもえっちゃんは一緒に楽しんでくれました。コンサートの前にはちゃんとアーティストの曲を聴きこんでくれたし、振りつけだって覚えてくれました。コンサート中、ぼくがノリノリで踊っていると、一緒に踊ってくれました。拳を突きあげるべきところでは突きあげ、合唱すべきところでは合唱し、何もすべきでないところでは何もしませんでした。

本当によくできた彼女です。万事においてえっちゃんは首尾よくこなせる人です。なにかと不器用なぼくとはちがうとよく言われますし、自分でもそう思います。

とりわけそのちがいを実感するのはコンサートの終盤です。

これまで言えませんでしたが、ぼくはえっちゃんがアンコール二曲目の途中で席を立つたびに、一緒にホールを去りながらも、ステージに後ろ髪を引かれていました。

たしかに、コンサートの終了後、ブロックごとに客を捌《さば》かせようとする規制退場に従うと、やたらと時間がかかります。出口もごったがえすし、道も混みます。電車も混む。ひと足早く帰るのが得策という判断はまちがっていないのでしょう。けれど、ぼくはえっちゃんが帰りの電車の中で「よかった、空いてて。ね、早く出てきて正解でしょ」と声を弾ませたり、「三十分は得したね。時間の節約、節約」と小鼻をひくつかせたり、「一本遅かったら、電車、ぎゅうぎゅう詰めだったよね。悲惨～」とほくそ笑んだりするたびに、なんでだか無性に悲しくなるのです。

えっちゃんと一緒にいれば、ぼくは首尾よく生きられるのかもしれない。人に遅れをとったり、損をしたりしないですむのかもしれない。いつも適度に楽しめるのかもしれない。

でも、最近はこうも思えるのです。えっちゃんと一緒にいるかぎり、ぼくはぼくにとって本当のクライマックスを迎えることはできないんじゃないか、と。

何が言いたいの、とイライラしはじめたえっちゃんの顔が目に浮かびます。

言いたいことを言います。別れてください。

これまで本当にありがとう。

晃太

# 5　甘納豆ラプソディー

悪名高いブラック企業に勤めて四年目の姉には、基本、休日がありません。土日も働きます。祝日も働きます。お正月も働きます。まさしく馬車馬のごとく。残業に追われて終電帰りをした翌朝、始発で会社へ行くこともめずらしくないのです。

「こんな生活、五年以上は続かない」

それが入社当初からの口癖で、つまり、姉は五年はどうにか馬車馬を続ける気のようです。

もちろん家のことは何もしません。実生活の九割方を仕事に侵食されている姉にとって、重要なのは残りの一割をいかに有用に使うかということです。五分の時間に十分の価値を与えるために、姉はたいてい二つのことを同時に進行させています。朝食をとりながら新聞を読む。歯磨きをしながら足つぼマットを踏む。トイレで用を足しながら会議の資料に目を通す。スマホで誰かに仕事の連絡をしながらパソコンメールで他の誰かに仕事の連絡をする。

機械仕掛けのような仕事人間になりきることで日々の繁忙をどうにか凌《しの》いでいる姉は、年に数回、溜まりに溜まったストレスを爆発させます。ここで爆発させねば取り返しのつかない大爆発が待っている、というようなぎりぎりの瀬戸際で。

「私、今週末は会社に行かないで甘納豆を作るから」

姉の宣言は私たち家族をそわつかせます。ああ、ついに作るのか。甘納豆レベルまで溜まってしまったのか、と。

金曜日の深夜に帰宅するなり、姉は真白な割烹着《かっぽうぎ》をひっかけ、長年愛用している和菓子のレシピ本を開いて甘納豆作りにかかります。

まずは小豆を洗ってザルにあげ、水と一緒に鍋に入れて中火にかけます。途中で何度か差し水をしながら二十分ほど茹でると、いったん豆をザルにあげ、軽く水で洗います。粗熱《あらねつ》がとれたら再び水に浸して火にかけ、こまめに差し水をし、アクをとりながら一時間かけて煮ます。そのあいだじゅう姉は台所を一歩も出ず、卵を見守る親鳥の目で豆の一粒一粒を見つめているのです。

煮上がった豆は落としぶたをして三十分ほど冷ましたのち、ザルにあげて湯を切り、グラニュー糖で作った蜜に漬けこみます。

一日目の工程はここまで。今朝まで目がつりあがり、顎関節症で口の開かなかった姉の表情には早くも変化が兆しています。

「今夜はいい夢を見られそう」

昼すぎにようやくベッドから這いだしてきた翌日も、姉の甘納豆作りは続きます。まずは蜜ごと豆を火にかけて沸騰させたのち、ザルで蜜をこし、豆と別々にします。続いて、蜜にさらなるグラニュー糖を加えて沸騰させ、火を止めてからその中に豆を戻します。

二日目の工程はここまで。再び八時間以上置かなければならない鍋のそばから姉がなかなか離れないのは、豆への愛着もさることながら、私たち家族への警戒心があるが故です。

この段階ですでに豆はほどよい艶を帯び、もはや甘納豆と呼んでも支障はないほどの、いかにもスイートな香りをまとっています。

「おっ、うまそうだねえ」

以前に一度、父が一粒つまみ食いをしたところ、姉はその胸ぐらをねじあげて「吐け、ジジイ！」「出せよ、ハゲ！」と迫りました。

たとえ豆との対話によって姉の瞳がやわらいできたとしても、油断は大敵。超過労働のストレスをなめてはならないと私たち家族は学んだのでした。

最終日の三日目も作業自体にさほどの変化はありません。まずは前日の豆を蜜ごと火にかけ、沸騰したら弱火にします。二十分後、豆をザルにあげて水気を切り、平らかに並べます。そのまま豆が乾くまで四、五時間寝かせれば、もはや完成も同然です。

もうお気づきでしょうが、煮てはザルにあげて寝かし、また煮てはザルにあげて寝かし――甘納豆作りはこの単調なくりかえしです。「本当にここまでくりかえさねばならないのか」という不安と闘いながら、作り手は豆と対峙しつづけます。「こんなにまでして甘納豆が食べたいか」という心の揺らぎに打ち勝った者だけが究極の達成感に酔えるのです。

姉は打ち勝ちます。乾いた豆にグラニュー糖をまぶす最終工程に入ったその瞳は勝利の愉悦にぎらつき、くすんでいた肌には蜜のような照りが戻っています。

ここでようやく私たち家族も賞味が許されるのです。

「そりゃ作りたてはおいしいけど、言っても甘納豆は甘納豆だし、こんなに手間ひまかける意味があるのかしらねえ」

長く台所を占拠されていた母の心ない嘆息も、姉はどこ吹く風と聞き流し、三日におよぶ作業の結晶を惜しげもなしに貪りつづけます。

私は知っています。姉にとって甘納豆作りの醍醐味は、その非効率性にあることを。

# 6　書かされる立場

## 僕の立場

一年C組　飯山直人

ヘルマン・ヘッセの「少年の日の思い出」を、ぼくは主人公の僕の立場で読みました。

なぜぼくが僕を選んだのかというと、ぼくには僕の気持ちが一番わかるからです。主人公の僕はチョウが大好きです。だから、となりの家のエーミールがめずらしいクジャクヤママユをもっていると聞いて、どうしても見たくなります。となりの家に行ったら、エーミールはいなかったので、勝手に部屋に入ってしまいます。クジャクヤママユを見たら、どうしてもほしくなって、取ってしまいます。でも、帰りに女中とすれちがったとき、あわてて、チョウをポケットにかくしたら、チョウはつぶれてしまいました。

家に帰って、お母さんに白状したら、エーミールにあやまりに行きなさいと言われて、僕はあやまりに行きます。エーミールは、非の打ちどころのない少年だから、僕に怒ったり、泣いたり、せめたりしません。ただ、軽べつの目で僕を見ます。「そうか、そうか、つまり君はそんなやつなんだな」と言ったりもします。ぼくは、そこを読んで、エーミールこそそんなやつなんだな、と思いました。いやみな大人みたいです。

ぼくは僕の立場で、せっかくあやまりに行ったのに、僕がかわいそうになりました。でも、もしもエーミールの立場になったら、僕にむかつくかもしれません。

最後に、家に帰った僕が、それまで収集したチョウをぜんぶつぶしてしまったので、悲しくなりました。

## エーミールのせい

一年C組　名高翔

ぼくはエーミールになったつもりでこの小説を読んだ。エーミールは「あらゆる点で模範少年」って書いてある。模範っていうのは、かんぺきってこと。そんなやつがいるんだったら、その気分を知ってみたかった。

けど、クジャクヤママユをダメにした「僕」が自分のちょうの収集をぜんぶあげると言って、エーミールが「結構だよ」と断ったとき、ぼくは「あれ？」と思った。ぼくなら、もらう。それか、もし「僕」のコレクションがたいしたことなかったら、ほかのをもらう。お金で解決してもいい。

エーミールが本当にかんぺきな少年だったら、もっと上手にとりひきしただろう。そしたら「僕」も気が楽になって、自分のちょうをつぶさなくてすんだ。

エーミールの立場になって、知恵がたりなかったと思いました。

「どっちもどっち

一年C組　松井さくら

わたしはちょうの立場になりました。すると、主人公も、エーミールも、どっちもどっちだと思いました。

友達のちょうをぬすむのは、いけないことです。でも、生きているちょうを捕まえて標本にするほうが、もっとざんこくでいけないことです。ちょうの立場では、ありえません。

主人公が、ちょうを捕まえるときのことを、「捕らえる喜びに息もつまりそうになり」とか、「微妙な喜びと、激しい欲望との入り交じった気持ち」とか書いているのを読んで、へんたいだと思いました。」

## 女中、あるいは私自身の一考

一年C組　藤城舞花

登場人物の誰かの立場に身を置くことで「共感」を深めさせようとする先生の意図をくんだ上で、私はあえて主人公の〈僕〉と階段ですれちがうエーミール宅の女中の立場を選択しました。

蝶の収集なんて優雅な趣味を持っているお坊ちゃんの家庭に仕える女性です。彼女は住みこみなのか通いなのか、正社員なのかハケンなのか、深い事情は分かりませんが、どちらにしても朝から晩まで働いているのでしょう。もしかしたら実家のお母さんは病気がちで、少ないお給料の中から仕送りをしているのかもしれません。お父さんは不況のあおりで失業中かもしれません。

そんな女中の視点に立てば、主人公とエーミールの一件は取るに足らない子供の喧嘩です。その蝶がどんなに稀少でも、それはあくまで衣食住に困らない富裕層の価値観にすぎません。女中には関係ありませんし、興味もないことでしょう。

この小説に対する私のスタンスも同様です。

先生方はなにかと生徒に読書感想文を書かせたがりますが、小説の好みは十人十色ですし、わざわざ書くほどの感想が毎回あるとは限りません。登場人物の誰にも共感できずに終わることだって少なくありません。教科書という選択不可能な教材から一方的に「道徳的な読書」を押しつけられた上、感想文までも強要される生徒の立場にも立ってみてください。

――

# 7　サムシングエルス

　ああ、またジャンクションに差しかかる。左からの合流にご注意ください。カーナビの声にどくんと彩《あや》の胸が鳴る。

　首都高というのは、なぜ、こんなにも人生と似ているんだろう。合流、カーブ、合流、カーブ、また合流。試練につぐ試練の連続で、ハンドルを握るてのひらの汗が乾く暇もない。車間も気にせず突っこんでくる車に震えあがりながらもどうにか合流地点をクリアしたかと思えば、ふたたび魔の急カーブ。後続ドライバーの舌打ちを思いながらもブレーキを踏まずにいられない。

　やっぱり車で来たのは失敗か。おとなしく電車に乗るべきだったのか。後悔が頭をかすめるたび、いや、と彩は道の先をにらんでアクセルを踏む足先に力をこめる。

無茶ではあっても、失敗じゃない。これは大事なことだった。自分にとってとても必要なことだったのだ、と。

フリーで仕事をしている彩には、時として、気の進まない依頼でも断りきれないことがある。しがらみだとか、恩義だとか、経済状況だとか、日和見《ひよりみ》だとか、断るために必要なパワー不足だとか、諸々が相まってつい「イエス」と返事をしたあとで自分の気弱さに果てしなく落ちこむも、時すでに遅し。

受けたからには、やることはやる。手は抜かない。それでもどこか心の底には「押しつけられた」「巻きこまれた」といった負の感情が吹きだまっていて、その受動性を自覚しながら事に当たるのが物憂いのだ。

世界は自分を中心にまわっていない。そんなことは彩だって百も承知だ。が、だからこそ、せめて自分のしがない日常くらいは自らの手で転がしたい。

「あー。群馬かあ。距離が遠いってだけで、なんか、行く前から徒労感が倍増」

気の重い出張を前にグチっていた彩に天啓のごとき助言をくれたのは、同業者の飲み会で居合わせた一人の先輩だった。

「そういうときはね、一つでいいから、サムシングエルスを見つけるといいよ」

「サムシングエルス?」

「うん。仕事とは別の、個人的な目的って言うのかな。たとえば出張帰りに日帰り温泉に寄るとか、前から読みたかった本を移動中に読むとか、おいしいお蕎麦屋を探すとか……なんでもいいの。何か一つくっつけるだけで、その出張がちゃんと自分のものになる気がするんだよね」

「なるほど!」

先輩の言葉に感じ入った彩は、よしと一大決心し、「車で行く」を今回のサムシングエルスに据えたのだった。

車での出張は彩にとって初の試みだった。というよりも、車での遠出自体が初めてだった。大学時代にノリで免許を取ったものの、中古のフィアットを買った二ヶ月前までの六年間、彩は完全なペーパードライバーだったのだから。

当然、運転には慣れていない。怖くてスピードが出せない。カーナビの指示もちんぷんかんぷんで何を言っているのかわからない。結果、「車で三分のスーパー」「車で五分のガソリンスタンド」「車で八分のジム」の三地点以外に車を走らせたことがないまま今に至っていた。

千葉から群馬へ。無謀ともいえるこの小旅行は、しかし、だからこそ意味があると彩には思えたのだった。この大いなる困難を克《こく》し、無事に仕事先へ乗りつけることができたら、自分は逆上がりもままならない子供が大車輪をなしとげたような達成感に打ち震えることだろう。その心の高ぶりは、今回の仕事に対するネガティブな気分をポジティブへ転化する原動力となり得る。

――とはいえ、いきなり首都高はハードルが高すぎたかな。

ややもすれば覗く弱気がピークに達したのは、命からがらハンドルにしがみついていた彩に、カーナビが突如「そろそろ右折だから今のうちに右車線へ移っとけ」と無理難題をふっかけてきたときだった。

白線を跨《また》いだ右側には、びゅんびゅんと飛ばす車の途切れを知らない急流がある。笹舟さながらの弱腰運転でその流れに突っこんでいくなど自殺行為に等しい。

彩がウインカーすらも出せずにいるあいだにも、右折地点は見る見る迫ってくる。あと二、三百メートル――思わずブレーキに足がのび、後続車のクラクションにすくみあがったところでようやく右車線の流れが絶え、どうにか白線を越えることができた。首の付け根は汗まみれだ。

緊張の連続からようやく解き放たれたのは、首都高を脱し、関越自動車道に乗って数十分が経過したころだった。

合流が少なく、急なカーブもない三車線道路のなんと平和なことだろう。道路と人生との類似性が薄れ、沿道の景色が緑を濃くしていくにつれ、現金にも彩はじわじわと楽しくなってきた。自分と車を、車と外界を隔てていた壁が去り、吹き渡る風と一つになっていくような。

自力で自分を仕事場へ運ぶ。そのなんとすがすがしいことか。

自ら求めた目的を果たす。そのなんと励みになることか。

十分に余裕をもって家を発ってから約五時間後、予想よりもだいぶ早く目的地の市民ホールへ到着した彩のテンションは最高潮だった。当然、仕事もノリノリだ。

「初めまして。本日の司会を務めさせていただきます大沢彩です。どうぞよろしくお願いします」

「よろしく。早速だけど、まずは衣裳のサイズ合わせをお願いできる？　ちょっと着心地悪いかもしれないけど、村興《おこ》しのイベントなもんで」

「いえいえ、お安いご用です！」

到着早々、主催者から手渡された「下仁田《しもにた》ネギベエ」なるゆるキャラの着ぐるみを笑顔で受けとり、彩は颯爽《さっそう》と更衣室へ走った。

# 8　折れずにススメ

こんな場所で、こんな状況で、こんな提案をやぶからぼうに突きつけられて、はたしてノーと言える人間がいるだろうか。

智也《ともや》は自らに問いかけ、腹の底から答えた。

んなわけねえだろ、と。

どんな場所かというと、それは丸の内のど真ん中（かどうかは知らないが、いかにもど真ん中然と構えている）にある高級時計店R社の本社である。

誰もが知る老舗《しにせ》中の老舗にして、名門中の名門。よって、サービスセンターのあるその一階もシックな高級感に富み、五つ星ホテルのロビーか、はたまた会員制のクラブかというほどに天井も高い。大理石のカウンター越しに品よくほほえんでいる接客係たちもコンシェルジュ風だ。

そこで智也がどんな状況に陥ったのかといえば、そのコンシェルジュ風がずらり居並んだカウンターの一席で、とびきり美人の担当者（山下さん）から「お客様は石油王です」と言わんばかりの、この上なくラグジュアリーな笑顔で迎えられたのだった。美人からの厚遇。R社の腕時計を愛用するような連中にとっては日常の一幕かもしれないが、俺は違う。智也はきっぱりとそう思う。高級腕時計などとは縁遠い一介のサラリーマン（六年目）で、勤め先はブラックにかぎりなく近いグレー企業。そんな彼が分不相応なR社の腕時計を持っているのは、ひとえに、それが二年前に他界した叔父の形見であるからにほかならない。

ごくごくスタンダードなステンレススチールの腕時計。文字盤も大定番のシルバー。シンプルに徹した作りながらも、一目でR社とわかるフォルムが実にスマートで格好いい。生前かわいがってくれた叔父の手首に光るそれをいつも眩しくながめていた智也は、「この時計はぜひ智ちゃんに……」と叔母からそれを譲りうけた瞬間、素直にヤッタと喜んだ。叔父夫婦に子供がいなくてよかったとさえ思った。

こんな俺がこんな品をもらっていいのか。にわかに不安になったのは、ネット検索の結果、それが正価で九十万円もする腕時計であるのを知ったときだ。

「二十年近く前に買ったときには、その半額くらいだったのよ。遠慮しないでもらってちょうだい。智ちゃんが使ってくれたら、あの人も本望よ」

叔母の言葉に甘えることにしてからの二年間、智也は日々の一分一秒をその腕時計とともに刻んできた。おかげで少々格を上げた大人の気分にひたったり、ボロを着ていても卑屈にならずにすんだり、職場の女子から「見せて」と言われたり、叔父の守護を感じたりと、まさに腕時計サマサマの毎日だった。一方、叔父の時代から働きつづけた精密機械にはそれ相応の疲れも生じていた。

徐々に時間が狂いだし、初めは数分だった誤差が十数分、数十分へと拡大した。どうやらオーバーホールなるものが必要な時期が来たようだ。ついに観念した智也がその日、はるばるR社の本社まで足を運んだのは、代理店を通すと修理費が二割高になると小耳にはさんだためである。

やっぱりここへ来て正解だった。カウンター越しに美人の山下さんと向かい合ったときはにんやりした。その山下さんの口から背筋の凍るホラーな「ご提案」が飛びだすまでは。

「こちらの製品はだいぶ年季が入っておりますので、オーバーホールだけではなく、リューズとチューブ、クラスプ用バネ棒、およびバネ棒二点の交換が必要となります。文字盤も陽に焼けて退色していますので、この機会に、針と合わせての交換をご提案いたします」

ポテトもいかがですか、くらいのノリで差しだされた見積もりを一瞥《いちべつ》し、智也は我が目を疑った。１００９００円。じゅうまんきゅうひゃくえん。いくら瞬きをくりかえしても０の数は変わらない。

時計を買うわけじゃない。ただ直すだけだ。何も増えない。せいぜい表面が変わるだけ。その程度のことに十万以上も誰が払うのか？

R社の良識を疑う智也だったが、山下さんの自信に満ちたスマイルを見るに、どうやらここの顧客は払うようである。事実、上質そうな背広をはおった周囲の客たちは、同様の事態に直面しているはずであるにもかかわらず、誰ひとり動じている気配がない。まるで鼻毛でも抜くように財布からカードを抜いている。

どうする？　智也は自問した。先の見えない不安から、毎月こつこつと節約し、薄給から絞りだすように貯金へ充ててきた。年金の信用ならない老後を思えば、贅沢は敵以外の何者でもない。

が、これは贅沢なのか？　チューブやリューズの交換は、おそらくこの腕時計と今後もつきあっていく上で避けては通れない関門なのだろう。文字盤もたしかに色褪せがひどく、智也自身、せっかくの美品がだいなしと不憫に思うところだった。そもそも、修理に十万かかるとはいえ、新たに買ったら九十万以上の品だ。十万を惜しんで九十万を放棄する？　叔父の死後も刻まれつづけてきた時を止める？　俺の手首にこの腕時計がないのを見たときの叔母の心中は？

逡巡《しゅんじゅん》の末に智也は苦しい決断をした。

「わかり……」

ましたと言いかけた瞬間、山下さんの唇がほころんだ。「どうです、九十万円の時計に対してぎりぎり譲歩可能な修理代、絶妙な値段設定でしょう」と言わんばかりの確信犯的微笑をそこに見た智也は、言いなおした。

「でも、針はまだ使えますよね」

「はい？」

「折れてもいない針まで交換する理由がありますか」

智也とコンシェルジュ風の彼らを隔てるカウンターの川が瞬時に氷河と化した。

「針一本でも、使えるものは使いつづけます」


長針と短針で計九千円。秒針が三千円。

まさに時は金なり。

かろうじて一万二千円の奪還をはたした智也は、今夜はこの一部で叔父を偲びながら一杯やろうと思いつつ、民の相続税を絞りとる国税庁なみに老獪《ろうかい》なセレブの園をあとにしたのだった。

# 9　明らかに両手が塞がっているとき

昨今、巷《ちまた》で取り沙汰されているN子さんとの対面に当たり、私の中に微塵《みじん》の逡巡《しゅんじゅん》もなかったとは言いがたい。何故、彼女は取材を承諾したのか、本当に本人が現れるのか、現れたとしてそこで何が起こるのか――約束の喫茶店へ向かう私の胸中には数多のはてなマークが渦巻いていた。

いざ対面の時を迎えてみると、しかしながら、そこにいたのは至極一般的にして慎ましやかな職業婦人だった。

三十七歳。二児の母。保険のセールスレディ。少々くすんだ肌からは生活の疲れが窺えるも、その面差《おもざ》しや物腰に狂気の色はない。いわんや猟奇の色をや、である。

やや気勢を削がれつつ、約二時間にわたるインタビューを試みた。

炙りだされたのは諸種の巷説《こうせつ》とは甚《はなは》だ異なるN子さんの実像であった。

左様、寧《むし》ろN子さんは良心の人であった。真心の人であった。人に優しく——それぞ人間の第一義であると彼女は幼少期よりご両親から厳しい躾《しつけ》を受けて育った。思えばそれぞ悲劇の始まりであった。

「友人や知人への親切は当然の事、赤の他人に対して如何に自分を捧げることが出来るかで人間の真価は決まる。そんな訓戒を子守歌のように聞かされて育ったせいでしょうか、私、誰であれ、人に冷たく出来ないんです。冷たくする事への罪の意識が強くて……例えば路上で誰かに道を聞かれて、上手く案内が出来なかったりすると、あの人は無事に辿りつけたのか、私のせいで余計に迷ったのではないかと不安になって、夜も眠れなくなってしまったり」

人に冷たく出来ない。そんなN子さんの人生に艱難《かんなん》多きことは想像に難くないが、事実、彼女にとっては街歩き一つにしても容易ならざるものがあった。

路上は多種多様な他人の坩堝《るつぼ》である。その一部は通りすがりの誰かに何かを求める。アンケートの回答。カットモデル。献血。手相見の相手。芸能人の不倫に関するコメント。カメラのシャッター押し。

「断る」という選択肢を持ち得ないN子さんは、たとえそれが何であれ、求められたものを求めた相手に提供せずにはいられない。あな、その労たるや如何ばかりか……と天を仰いだ私にN子さんは淡々と語った。

「でも、アンケートや献血やワイドショーのコメントは、そうそうある事じゃないから良いんです。一番きついのは、やっぱり、毎日の事。例外なく何処の街にも何処の路上にもいる、あの人たち……そう、ビラ配りです」

突如、N子さんの目の下に痙攣が走り、思わず私は固唾《かたず》を呑んだ。

言うに及ばず、N子さんは路上のビラ配りに対しても不親切には成り得ない。それが広告であろうと怪文書であろうとエッチな人妻募集であろうと、選り好みも己に許しはしない。

「それでも、若い頃はまだ良かったんです。次々差しだされるビラに行く手を塞がれても、そんなに焦りもしませんでした。今思えば、私、身軽だったんですね。でも、結婚して、子供が出来て、育児と仕事の両立に追われて……抱えるものが増えるほどに、少しずつ事情が変わっていきました」

仕事帰りにせわしなく夕餉《ゆうげ》の食材を調達し、腹を空かせた子供たちの為、駅からの帰路をつんのめるような早歩きで急ぐ。そんなN子さんの右手には常に仕事の資料が詰まった鞄が、左手にはスーパーマーケットのレジ袋が握られている。

その目前に障壁《しょうへき》然として立ちはだかるのがビラ配りの面々である。所構わず出没する彼らだが、とりわけ我らが若松商店街がその巣窟となっているのは諸君もご存じの通りである。

「ビラ配り自体は良いんです。そういうお仕事ですし……ただ、どうしてあの人たちは、明らかにこちらの両手が塞がっている時にまで、強引にビラを渡そうとするんでしょうね。右手にも左手にも荷物があるのだから、今は無理だと見ればわかるのに。多分、見てないんですね。自分のノルマを果たす事しか考えていない相手に、それでも、私は親切であらねばなりませんでした」

N子さんの声が更なる険を孕《はら》んだ。無理もなかろう。数十歩毎に行く手を塞ぐ輩からビラを突きだされる度、我が子の空腹を案じながらもN子さんは足を止め、左手のレジ袋を右手に持ち替えて、それを受けとらねばならぬのだ。

「あれは、保育園から子供が熱っぽいとの連絡を受けて、会社を早退した日の事でした。小走りで駅からの道を急いでいた私に、通せんぼをするようにビラ配りの若い男性が現れて、ビラを差し出してきました。受け取ろうとした瞬間、焦っていたので私、鞄を落としてしまったんです。中のお財布やポーチが道にちらばって……ビラ配りの男性はそれを見て、チッと舌打ちをしました」

臨界点はその時、訪れた。

「自分でもよくわからないんですけど、道に散った物を拾っているうちに、突然、まるで何かの啓示みたいに、閃いたんです。両手が塞がっているのなら、口でビラをもらえばいいんだ、と。そこで早速、ビラ配りに向かって口を大きく開けて見せました。するとと、相手が驚いて後ずさったので、追いかけました。一旦差し出されたビラを受け取らないわけにはいきませんからね」

以降、N子さんはビラ配りと出くわす度に、大口を開いて見せるようになった。相手が逃げれば追いかける。執拗に逃げる相手は執拗に追いかける。

「親切の暴走？　でも、最初にビラを差し出してきたのは彼らの方ですよ」

彼女に返す言葉を私は持ち得なかったが、ともあれ、これが巷で取り沙汰されている〈ビラ配りを襲う恐怖の口開け女〉の真相である。

――若松商店街特設応援サイト『leaves』の投稿記事「N子さんの真実」より。

# 10　時が流してくれないもの

　さらさらと秋の陽が注いでいる。歩美《あゆみ》が尻に敷いたハンカチがめくれあがるたび、足元のルイは鼻をひくつかせ、「呼んだ?」とでもいうように風上を見やる。若犬の好奇心につやめく瞳。里親会がはじまった二時間前からずっと、となりのマロンにじゃれついたり、とんぼを追ったりと忙しい。

「わんちゃん、まだ若いんですか」

　ふいに頭上から声がし、日傘をさした品のいい婦人がルイの前でひざを折った。

「生後四ヶ月の犬です。まだ子犬ですね」

「じゃあ、まだまだ遊びたいざかり? 留守番の多い家じゃ、むずかしいかしらね」

「うーん。そうかもしれませんね。基本、ずっと人間のまわりをちょろちょろしてますし、いたずらもしますし」

「もう少し落ちついたわんちゃんのほうがいいかしら」

「ええ、あっちに、成犬もたくさん来てますよ」

指で示した先へと向かう婦人の背をながめながら、良縁を待ちくたびれている十三歳の柴犬ミックスをぜひ、と歩美は心で願う。

捨て犬を保護して新しい飼い主を探す。歩美がこの活動をはじめてはや十年が経つ。かつては複数の犬を抱えてがむしゃらに奔走していた時期もあったが、それでは経済的にも体力的にも持たないと悟り、近頃は一時に一頭ずつ、無理のない範囲で続けている。月に二度、河川敷で催される里親会で出会いに恵まれなくても、焦らずにつぎのチャンスを待てるようになった。

「わんちゃん、かわいいですね」

続いてルイに目をとめたのは、五、六歳の女児をつれた母親だった。

「このわんちゃん、柴犬かしら」

「いいえ、雑種です。生後四ヶ月の子犬です」

「はい、雄です。物怖じしないタイプですよ」

人間を見れば尾を振って甘えるルイは、里親希望者からのウケがいい有利な性格だ。が、一方、なんの変哲もない茶色い雑種という不利も背負っている。

「ママ、あたし、こっちのほうがいい」

母親の陰からルイの横にいるマロンをながめていた女児が言った。

「この子のほうがかわいい」

マロンは四歳になる栗毛色のミニチュアダックスフント。胴長の愛らしいルックスと底抜けに明るい社交性を併せもっている。

「だめよ、そんな失礼を言っちゃ」

ルイを気遣いつつ、母親の視線もまたマロンへ吸いよせられている。どうぞ、というふうに歩美がほほえんで見せると、バツが悪そうにルイから離れ、マロンの前へ移動した。

昔ならばこんなことにも傷ついていたかもしれないが、今の歩美はどうとも思わない。ルイでもいい。マロンでも、どの犬でもいい。幸せをつかめる犬がいればいい。

「男の子？」

願わくば一頭でも多く。

今回の里親会には十五頭が縁を求めて参加していた。保護主の注意のもとで彼らはみな行儀よくしているものの、やはりそこには一種独特の「群れ」の匂いが籠もっている。河川敷を行き交う中には興味を示して寄ってくる人もいれば、露骨に避けて通る人もいる。時には「行政の許可を取っているのか」「助けるべきは犬よりも紛争で国を追われた人間たちだろう」などと詰めよられることもある。どんな声も歩美は黙って聞き流す。行政の許可は当然取っているし、難民問題を本気で憂えている人は捨て犬の運命も憂えてくれる。単純に、虫のいどころが悪い人にあたってしまっただけだ。

何であれ、長く続けていれば大方のことが受け入れ可能になっていく。年月は諦念という良性の垢《あか》を人間に贈ってくれる。

ただし、そんな歩美にも、いまだ受け入れがたいものがあった。

「あらあら、かわいいわんちゃんねえ」

今度の声は少々枯れていた。全身に貴金属を光らせた老婦人がルイの顔をのぞきこんでいる。

「このわんちゃん、おいくつ？」

「生後四ヶ月の子犬です」

「もっと大きくなるのかしら」

「雑種なので読めないんですけど、せいぜい十二、三キロ止まりではないかと」

「うちのマンション、わんちゃんは十キロまでって制限があるのよね」

「でしたら、もっと小柄な犬のほうが……」

「でも愛嬌あるじゃない、このわんちゃん」

「ええ、とっても気質のいい犬ですけど、大きくならない保証はありませんので」

「こういうね、ふつうの、いかにもわんちゃんっていうわんちゃんが好きなのよ、私」

「たしかに、犬の中の犬というか、いかにも犬な犬ですけど、マンションの決まりを思うと……」

粘った末にルイをあきらめた老婦人が去ると、となりで耳をすませていたマロンの保護主、志保《しほ》がにやついた顔を向けて言った。

「歩美も、かたくなだねえ」

気づかれたか、と歩美は頬を赤らめた。

「気を遣ってくれてるのはわかるんだけど、私、どうしても苦手なの、わんちゃんって呼び方。人間は『人』で間に合ってるんだから、犬も『犬』で十分じゃない？」

過ぎゆく時がいかなる諦念をもたらそうとも、つまらないこだわりだけは意外と最後まで手放せない。気恥ずかしさを隠すように、歩美は眠たげなルイの背をなでた。秋の陽を溜めた毛に指先がぬくもる。ウォンウォンとはしゃぐ犬たちの声が水色の空に溶けていく。

# 11 イマジネーションの檻

なんや、今日もまたおっちゃん一人かいな。目え覚ますたんびにテンション、がた落ちや。また昼寝したろか。

わし見に来とるツラ、なんでいっつもおっちゃん、おばはんばっかやねん。平均年齢高すぎや。

ガキはおらんのか、ガキは。いや、おるんや。知っとるねん。係のおっちゃんが言うとった。ガキどもはみんなパンダの前におるねんて。

やっぱり、パンダ目がええんやろな。あの白黒がええんやろな。あのふっくらまあるい体がええんやろな。抱きしめたくなる、ちゅうやっちゃ。

ガキも年寄りもパンダパンダ。たまらんわ。もう赤んぼ産まんといて。中国、もう新しいの贈らんといて。外交にパンダ使わんといて。ほかの動物が腐るねん。

わかっとる、わかっとる。パンダだけやないねんな。アレやろ、ライオンもあいかわらず人気やねんな。腐っても百獣の王やしな。あの脚、あのたてがみ、なんやカッコええもんなあ。メスども仰山《ぎょうさん》はべらせて、男の憧れちゅうやっちゃ。肉食獣ちゅうのは、そういうもんや。トラやの、チーターやの、ヒョウやの、いつもは昼寝こいとっても、やるときはやる。そないなオーラ出しとるねん。そやけど、やらへんで。なーんも、やらへん。ここ、動物園やさかい。ぼうっとしとっても食えたら、動物、なんもやらへんわ。ハングリー精神に飢えとるねん。

な。よう見てや、昼寝ばっかしとるの、わしだけやあらへんで。

おっちゃん、よう見てや。なんや、もう行くんか。今、来たばっかりやんけ。はあ？　退屈？　そらお互いさまや。

わしかてな、若いころはもうちょい動いとったし、そこそこ人気もあったんや。ガキどもかて寄ってきた。なんちゅうても、わし、このがたいやん。でかいちゅうことは、目立つちゅうこっちゃ。おまけに、この鼻。こんなん誰も持っとらん。キャラ立っとるやろ。

きわめつけは、あの歌や。今でもときどき歌うとるヤツおるで。まど・みちお先生には、わし、いまだに足むけて寝られへん。

お、かったるそうなおばはんが来よったで。よう来てくれたわ。芸もなんもせえへんけど、ゆっくりしたってや。写真撮ってもええで。インスタ映えせえへんけどな、わし。でかすぎて、全身ちゃんと収まらへんねん。色も地味やし、皮膚しわしわやし。ま、お互いさまやけど。

そやけどおばはん、なかなかわしに飽きへんな。檻の前から動かへん。本腰いれとる？　もしかして寝とる？　死んどる？　いや、目は開けてはる。こないなわし見っておもろいんか？　そんなん気張って見られたら、なんや、照れるわ。どないしよ。しゃあないな。ちょいと立ってみよか。ちょっとだけやで。特別サービスや。

おっ、ええリアクションや。おばはん、感動してまんなあ。目えガバッと広げて、ええ感じや。ほな、もいっちょいっちゃう？　鼻、ふりあげたろか、鼻。一回だけやで。大盤ぶるまいや。高《たこ》うつくで……って、おばはん、ほんま、どないしたん？　ひょっとして泣いとる？　涙ぽろぽろ、ぽろぽろ、えらいこっちゃ。鼻水もずるずる垂れとるで。

「……子」

ん？　おばはん、なんや言うた？　わし、ヤな予感するんやけど。

「はな子」

やや、よしてや。それだけは堪忍《かんにん》や。たまにおるねん。わし、ほんま苦手やねん。ええか、わしの名前はウッキーや。

「はな子……不憫なやっちゃのう」

そやから、ちゃうねん！　わしはウッキーや。はな子とまるきしキャラちゃうねん。はな子の悲劇おっかぶせて泣かんといて。わし、がっつり受けとってまうねん。眠れなくなるねん。はな子のこと考えると悲しすぎるねん！

# 12 押し売り無用

某市民マラソンで女子六位に入賞したママさんランナー。

「まさか入賞なんて……夢みたいです。私はただ、自分のように平凡な主婦でも、練習に練習を重ねて一生懸命に走ることで、皆さんに勇気や感動を与えられればと……本当に、夢みたいです」

齢百歳にして富士山九合目まで登ったアメリカ人登山家。

「ワタシ、山へ登ルハ、ソコニ、感動アルカラ、デス。百歳ノ、ワタシ、山へ登ルト、皆サン、感動シテクレマスネー。勇気デタ、アリガト、言ッテクレマスネー。ソコニ、ソノ声アルカラ、ワタシ、山へ登ルーノデス」

選挙カーで演説中の政治家。

「国民の皆様にお願いいたします、国民の皆様にお願いいたします。私に今一度、世のため人のために働くチャンスをください。必ずや、必ずや私が目標として掲げる社会の実現へ向けて、誠心誠意、最大限の献身をさせていただきます。最大限の献身をさせていただきます。私の目標とする社会とは、この国の未来を担う子供たちに、過去を担ってこられた高齢者の皆様に、今を担っておられる熟年層に、あらゆる国民に勇気と感動を与える社会です。勇気と感動、勇気と感動でございます。その実現を、ここにお約束いたします。ここにお約束いたします。政治家に二言はございません。政治家に二言はございません」

不倫が発覚した二世タレント。

「はい、しました、しました、不倫しました。やっちゃいましたよ。バレてがっかりです。え、正直すぎる？　でもね、ここまで正直だと、皆さん、逆に感動しませんか？　やっぱ人生、勇気っしょ」

行方不明になってから十五年後、とうに生存をあきらめて葬儀も済ませ、こまめに墓参りもしていた家族のもとへ突如帰ってきた命知らずの冒険家。

「いやはや、本当に、これほど人騒がせな話もないと、家族にも厳しく叱られました。はい、こっちの家族です。自分がどこの誰かもわからないまま、十五年以上も遠い異国で暮らしつづけるなんて、いくらなんでものんきすぎると……ええ、滝へ落ちた拍子に頭を打ちつけ、記憶喪失になっていたようです。しかし、悪運が強いと申しますか、私を救ってくれた村の人たちに良くしてもらいまして。はい、それなりに穏やかな日々を送っていました。しかし先日、息子が……はい、あっちの息子が、元の家族が心配しているかもしれないと、フェイスブックで私の情報を拡散してくれて……ええ、それをこっちの家族が見つけてくれたわけです。今後のこと？　ええ、歳も歳だからと両家族から反対されてるんですけど、やっぱり冒険はやめられませんね。また次なる挑戦を構想中です。我ながらバカな男ですけど、やっぱり、中にはいるんですよね、勇気と感動をありがとうって言ってくれる人たちが……」

のど自慢大会で鐘が二つだったものの、ゲストの坂本冬美から「演歌の枠から気っ風よく飛びだしたお母さんの個性に、私、感動しちゃいましたし、勇気をもらいましたよ」と上手に励まされ、ころっと真に受けてしまった主婦。

「ありがとうございます。これからも……ううっ、これからも、心をこめて、皆様に勇気と感動を与えられる歌を……ううっ」

勇気をふりしぼってブラック企業を辞めて以来、明日をも知れぬその日暮らしに意外と新鮮な感動をおぼえつつ、日々、テレビばかり観ている一視聴者。

「(ぷちっとテレビを消して)勇気と感動は間に合ってます」

# 13　おもてなし料理のあと

「さあさ、どうぞ、いらっしゃいませ。いえいえ、こちらこそ主人がいつも……あら、お土産なんていいのに。ごめんなさいね、かえっていつも散財させちゃって。さ、座って、座って。ご遠慮なく、今日もたっぷり召しあがっていってちょうだいな」

月に一度、浩介《こうすけ》が数人の部下を家に連れてくるたびに、岩田家のキッチンは戦場と化す。武器は妻、佐奈恵《さなえ》の腕一つ。前日から仕込んでおいた料理をいかに手際よくリズミカルに供《きょう》していけるかが勝敗の分かれ目だ。

「まずは軽くつまんでいただきながら、シャンパンでも。あなた、開けてちょうだい」

前菜は手製のラスクと焼き野菜のバーニャカウダ。大皿に並べたラスクには四種類の具（ツナ、オリーブ、アンチョビ、輪切りのゆで玉子）を乗せ、皿全体にブロッコリーとプチトマトを散らして彩りを添えている。焼き野菜はナス、ズッキーニ、タマネギ、カリフラワー、エリンギの五種類。

「ほんとに遠慮はナシよ。もうすぐパスタも茹であがりますからね」

パスタは定番のミートソースながらも、ロングパスタではなく、取り分けやすいペンネを用いるのが岩田家流だ。ペンネとソースは別皿に盛り、セルフサービスで好きなだけよそってもらう。

「もてなし料理は余ってなんぼ」が口ぐせの浩介は、高価な食材は使わなくていいから、とにかく量を出せと言う。その方針に則って、今回も人数分以上のパスタとソースを用意した。仕上げのパルメザンチーズを削ってまわるのは浩介の役目だ。

「はい、おつぎは油淋鶏《ユーリンチー》。温かいうちにどうぞ召しあがれ」

浩介の部下たちは食欲旺盛ながらも総じてアルコールに弱く、メインの肉料理に入るころにはウーロン茶の出番が増している。浩介だけがワインやビールを飲みつづけ、ひとり高揚していくのが佐奈恵には鬱陶《うっとう》しい。

「え、汁物？　はいはい、今日はポロネギのホワイトシチューです。あら、お腹いっぱいなんて言わないで。まだお若いんだから」

食事の最後に汁物をほしがるのも浩介で、ボリュームのある肉料理のあとでもスープやシチューは別腹とばかりに口を潤したがる。どんな大食漢でもこのシメでしっかり腹は満ちるはずだが、念には念を入れ、今夜はそれにポテトフライも添えた。厚めの輪切りにした揚げたてのポテト。ソースはトマトケチャップとタルタルソースの二種類。「男は肉じゃがに弱い」と巷では言われているものの、佐奈恵の経験上、働きざかりの男たちが本当に弱いのはトマトケチャップとタルタルソースだ。

「あらあら、もうお腹いっぱい？　じゃ、いただいた果物を切りましょうか。コーヒーとお紅茶、どちらになさる？」

たとえ料理が好評でも、この宴が佐奈恵にとって完全な負け戦であるのは、客人たちが去ったあとのテーブルを見るに一目瞭然だ。とうてい食べきれない量を作っているのだから、余るのは必然。それでも、大皿の上に雑然と置き去られた料理の数々を見るにつけ、冷蔵庫さながらに胸が冷えびえしていくのを禁じえない。

その虚しさが佐奈恵を翌日の弔い《とむらい》合戦に駆り立てる。

客人を迎えた翌日の土曜日、浩介と佐奈恵はふたりで遅めの朝食兼昼食をとる。このリサイクル・ブランチ（もしくは、リベンジ・ブランチ）こそ、佐奈恵の真なる腕の見せどころだ。

前夜に余った油淋鶏に余ったタルタルソースをかけたチキン南蛮風。

前夜に余ったペンネの明太子マヨネーズ和え。

前夜に余ったブロッコリーとプチトマトのサラダ。

既視感あふれる食材ながらも、「余ってなんぼ」を標榜する張本人である浩介は、二日酔いのけだるさを宿した涙目で黙々と皿のノルマをこなしていく。

余った料理が夫の胃袋に収まっていくのは、もてなし料理が客人たちのそれに収まっていく以上に、なんとも胸のすくものがある。佐奈恵は口元のにやつきを止められない。

リサイクル（リベンジ）料理はその夜も続く。

前夜に余ったラスクの具を生野菜の上にちりばめたニース風サラダ。

前夜に余った焼き野菜にミートソースを絡めて焼いたムサカ風。

前夜に余ったポテトフライに余ったホワイトシチューをかけ、パルメザンチーズを散らしてオーブンで焼いたポテトグラタン。

「いやはや……」

無言で箸を運んでいた浩介は、食後、余ったラスクに生クリームを挟んだミルフィーユ風デザートを突きつけられるに至り、白旗でも揚げるようにティッシュを引きぬき、こめかみに光る汗をぬぐった。

# 14　魔法が解けたら

　ミルジャの剣で魔法を解かれた伝説のドラゴンが謎のヴェールに覆われていた前世の秘密をついに語りはじめた——そのときだった。

　トントン。ノックの音に続いて、扉のむこうからママの声がした。

「レーナ、今夜は外食よ。支度して」

「え、なんで」

「レーナの誕生会。いつものお店を予約したから」

　レーナは眉のなだらかなアーチをハの字にゆがめた。レーナの誕生日は二週間前で、すでにその夜、ママとふたりでケーキを食べていた。

「誕生会はもうやったじゃん」

「今夜はパパも一緒。パパ、今日なら早く帰れるって言うから」

「あたし、本読んでるんだけど」

「そんなのいつでも読めるでしょ」

ママはなんにもわかってない、とレーナは桜色の唇を嚙む。『星降る伝説のドラゴン⑨』は、目下、友達の皆が夢中になってるシリーズの最新刊で、レーナも首を長くして発売を待ちわびていた。明日の教室はその話題でもちきりのはずで、まだ読んでないなんて言おうものなら、いくつの「マジ?」が飛んでくるかわからない。

「パパと二人で行ったら」

「なに言ってんの、あなたの誕生日でしょ。もう予約しちゃったし、早く支度しなさい。夕飯ぬきでもいいの?」

そう言われるとレーナにはなすすべがなかった。キッチンの独裁者であるママが「今夜は料理をしない」と宣言したら、それはもう、ほかの誰かが料理したものを食べるしかないのだ。それが子供なのだとレーナは自分の非力さを呪う。

仕方なく、ドラゴンの前世に後ろ髪を引かれながらも若草色のワンピースに着がえ、しぶしぶママとタクシーに乗りこんだ。

家族の記念日によく利用するレストランは白い外壁で、玄関や石畳《いしだたみ》を色とりどりのタイルが飾っている。感じよく古びた木の扉をママが開くと、馴染みのフロア係があらわれて品良くほほえみ、二人を窓辺のテーブル席に案内してくれた。いつもと同様、よく磨かれたフロアの床には六つのテーブルがゆったりと配され、白いクロスにキャンドルの影を落としている。壁一面をイタリアの地図や写真が埋めているせいか、隣の席でキャッキャとにぎやかに食事をしている四人家族がレーナの目にはイタリア人の一家のようにも映る。

めずらしく一番乗りをして食前酒を飲んでいたパパは、ママがその横に、レーナが向かいに着席するとおもむろに顔を上げ、「お任せのAコースにしたよ」と告げた。それから、歯ブラシに歯磨き粉をつけるのを忘れたような感じで、「レーナのお誕生日だからね」と言いそえた。いつもは安めのBコースだから、パパにしては奮発したのだろう。が、マックのポテトを愛するレーナの胸は躍らない。

はたしてドラゴンの前世にはどんな秘密が隠されているのか。ミルジャたちは謎を突きとめ、無事に伝説の虹を渡ることができるのか。気になって仕方ないレーナの前に、まず運ばれてきたのは前菜の〈水タコとグレープフルーツとルッコラのサラダ〉

だった。タコはママの大好物だ。いつもならば「素敵！」とおおげさにはしゃぐママの口は、しかし、何の言葉も放たない。ここに来てレーナははたと気がついた。パパとママの様子がおかしい。いつもは軽口の多い二人なのに、今日は互いによそよそしいというか、会話がぎこちないというか。キャンドルの炎までが居心地悪げに身をくねらせているように見える。

そういえば――。レーナがあることを思い出したのは、二皿目、やはりママの大好物である〈モッツァレラチーズとバジルのカッペリーニ〉がテーブルにあらわれた直後だった。

四、五日前の真夜中にパパとママはもめていた。甲走ったママの怒声に別室で寝ていたレーナが飛び起きるほどの大喧嘩。くわしい内容までは聞きとれなかったものの、十中八九、原因はパパのスマホだ。ママの爆発の陰には必ずパパのスマホがある。そして、その後しばらくのあいだはパパがママのご機嫌とりに精を出す。

ってことは――。この外食に隠された謎が見えてきたとたん、ナイフとフォークを握る手から力がぬけた。

「レーナ、どうしたの、おとなしいじゃない。せっかくのお誕生会なのに」

ママは無口なレーナに不満気だ。ちらちらと隣のテーブルをうかがう瞳には、自分たちよりも楽しそうな四人家族への対抗心が透けている。

「べつに。じっくり味わってるだけ」

「ここのお料理、本当に味がいいわよね」

「いや、ママの手料理もかなりのもんだよ」

「なによ、パパ、おべっか言っちゃって」

「そんなことはないさ」

「いつも夜中に帰ってきて、私の料理なんかまともに食べてないじゃない。先週だってずっと……」

雲行きが怪しくなってきたママの声に、レーナはやめてと叫びたい衝動と闘う。あたしを仲なおりのダシに使うなら、せめてうまくやって！　喉まで出かかった言葉をどうにか呑みこみ、目の前の皿に集中する。なんとか無事にこの時間を乗りきり、剣と魔法の世界へ生還するために。

けれど半面、遠からず自分はこの現実世界と対決しなければならないような予感も覚えている。これまで耐えられたことが、これからは耐えられなくなるような。何かの拍子でパンとはじけてしまいそうな。そう、たとえば——食事の終わりに十三本の蠟燭《ろうそく》をわざとらしく立てたケーキが登場し、お店の人たちの手拍子の中、「さあ！」「ひと息で！」などとせっつかれでもしたら。

# 15　紙の塔を築く

ついに……。

ケンは息を殺した。眼前の塔はとうとう十段目へ到達しようとしている。

ケンの指先は震えていた。赤く血走った目は乾き、喉もからからだ。もう三日も寝ていないし、食べるものも食べていない。

気をぬけば遠のきそうになる意識を呼びおこし、負けるな、とケンは眠気を払う。

最後の一段。あともう一歩でぼくはあの呪縛から自分を解放できるんだ。

事の起こりは三日前、父親のジュン・サトウが放った一言だった。

「十五歳の誕生日おめでとう、ケン。ようやくおまえも私の跡継ぎとして修業を始められる齢《とし》に達したな」

ジュン・サトウは国際的なイリュージョニストだ。一年の半分は世界各地でショーを催し、目利きのセレブたちから喝采を浴びている。

「まずは基本中の基本、カードマジックから練習を始めなさい」

父から師の顔に変わったジュン・サトウのさしだした五組のトランプに、ケンは手をのばすのをためらった。ケンはイリュージョンが好きじゃない。結局、人騙しじゃないか。幼いころからそんな反発心を胸に秘めてきた。

「お父さん。ぼくはイリュージョニストになるほど器用じゃありません。でも、根気ならあります。ぼくに向いているのは、何かをゼロからこつこつと積みあげていくような仕事だと思います」

ケンが初めて口にした本音は、しかし、ひとたまりもなく父から一蹴された。

「何を甘っちょろいことを言ってるんだ。天下のイリュージョニスト、ジュン・サトウの跡継ぎになれるんだぞ。向くも向かないも、人間、努力次第だ。つべこべ言わずにさっさとカードマジックの練習に取り組め」

聞く耳を持たない父から五組のトランプを押しつけられたケンは、以来、施錠した自室に閉じこもりつづけている。

まずは涙にくれた。

（どうしてお父さんはぼくの気持ちをわかってくれないんだ。どこへ行ってもジュン・サトウの息子として好奇の視線にさらされる。ぼくにはぼくの人格が、ぼく自身の人生があるのを誰もわかってくれない。当のお父さんさえも）

泣いて、泣いて、泣いて、涙が出尽くしたころ、ケンはふと父に渡されたトランプを赤い目に捉えた。

カードマジックの練習？　冗談じゃない。逆心はケンを思わぬ方向へ駆りたてた。そのカードで彼はこつこつと塔を築きはじめたのだ。

逆V字型に立てたカードをピラミッド風に積みあげていくトランプタワー。最初はたった二段ですらも手こずった。手がすべったり、震えたり、ほんの些細なミスで紙の塔は簡単に崩壊してしまう。が、めげずにくりかえし挑戦するにつれ、次第にコツがつかめてきた。三段、四段、五段——塔が高くなるほどに、ケンは快い無心の境地へ近づいていった。

(ああ、そうだ。ぼくはやっぱりこうして何かを積みあげていくのが好きなんだ。一枚一枚、着実に)

トランプタワーの構築は図らずしてケンに自らの適性を再認識させた。

(誰が何と言おうと、ぼくにはぼくの道がある。たぶん、必要なのは覚悟だ。トランプタワーが十段に達したら、今度こそ、お父さんに揺るぎない決意を伝えよう)

そう胸に誓ったケンは、この三日間、十段タワーの完成へむけて渾身の力を尽くしてきた。五段まで行っては崩壊させ、頭皮が血を噴くほど髪をかきむしった。八段まで行ってはまた崩壊させ、床に頭を打ちつけて死にたくなった。今にも砕けそうなひざや腰の痛み、そして全身を呑みこむ倦怠に耐え、何もかも投げだしたい誘惑をねじふせて、今、ついにこの時を迎えたのだった。

ラストの十段目——。

(あと一段。最後の二枚を重ねたら、ぼくはぼくとして歩みだせる)

涙にぬれた目をこらし、ケンはその二枚を九段目の上に立てた。左右対称の二等辺三角形を象り、カードの上端をゆっくりと合わせる。静かに、慎重に、正確に。

祈る思いでケンはカードから手を放そうとした——瞬間、衝撃音とともに部屋の扉が開いた。

「すまん、ケン。お父さんが悪かった！」

ケンの目前で十段の塔がイリュージョンと化した。

# 16　サービスの落とし穴

「ねえ、ちょっとパソコンを手伝ってほしいんだけど」

近所に住んでる祖母の泰代《やすよ》から頼まれ、清《きよし》は大学の授業とサークルとバイトの合間をぬって駆けつけた。

「何を手伝えばいいの」

「案内状をね、作りたいんだよ。今度、ほら、ユキムラさんの会があるもんだから」

「ふうん。で、何がわかんないの」

「だから、案内状の作り方。パソコンでやったことないもんだから」

「簡単だよ。ワードは入っててんでしょ」

「ワード?」

「そういうの作るソフト」

「ソフト？」

「マジか。そこからか」

「だから、買ったはいいけどぜんぜん使ってないんだよ」

「じゃ、いいよ。案内状、俺が作ってやるよ。そのほうが早い。貸してみ……ほら、これ押すとワードってソフトが立ちあがるわけ」

「ほーっ」

「感心するとこじゃないから。で、案内状ってどんな感じ？　A4サイズでいいの？　A4ってこれくらいね」

「ああ、ああ、いいよ。キヨちゃんに任せるよ」

「案内状のタイトルは？」

「へ」

「タイトル。ユキムラさんの何の会？」

「ユキムラショウゾウさんのアルバトロスを祝う会」

「ユキムラさんすげー」

「二十年くらい前にもユキムラさんはホールインワンを出したことがある」

「いい人生送ってんなあ。で、ユキムラのユキの字は？」

「幸せ」

「幸せの村、か。ショウゾウはどんな字？」

「んー。ゾウは、クラって字だったけど、ショウはどうだったか……」

「正しいの正？　昭和の昭？　森昌子の昌？」

「んー。アキさんが住所録を送ったって言ってたから、それを見ればわかると思うんだけどねえ」

「住所録か。メールに添付で来たの？」

「てんぷ？」

「頼むよ、ばあちゃん。こんなんでよく初期設定とかできたよな」

「しょきせってい？」

「パソコン買ったあと、使うまでになんだかんだあるじゃん、設定が」

「ああ。それは、ほら、あのサポートなんとかっていうのが、遠隔なんとかでやってくれたもんだから」

「サポートなんとか……サポートサービス？　まさか有料の？」

「そうそう、このパソコン買ったときにね、最初はいろいろ難しいから、入ったほうがいいですよって勧められて」

「入ったの？」

「入った。けど、そんなに高くないんだよ。たしか月々千円くらいで」

「月々……」

清はメールボックスから添付ファイル付きのメールを探していた手を止めた。そこはかとなくいやな感じがする。

「ばあちゃん。このパソコン買ったのって、いつ？」

「さあ。二年くらい経つかねえ」

「そのサポートサービス、解約した？」

「へ」

「もし契約解除してなかったら、ばあちゃん、ぜんぜん使ってないこのパソコンのために、月々千円ずつ払い続けてることになるんだよ」

「ええっ」

「今すぐ解約したほうがいい。いや、俺がしたる」

鼻息荒く清はスマホを手に取った。

「サポートサービスの番号は？」

「それがねえ。たしか、私の携帯の……その、電話番号のところに入れてあるはずなんだけど」

「あ、このスマホ？　ばあちゃん、ついにガラケーやめたんだ。ちょっと見せてもらうよ……って、ばあちゃん、パスワードは？」

「ああ、それが、そのねえ」

「なに」

「ちょっと使ってなかったら、忘れちゃったみたいで」

「はあ？　何やってんの。どうすんの」

「まあ、焦りなさんな。大丈夫。買ったとき、安全サポートなんとかに入ってるから、何があっても安心だよ」

「ええっ、ばあちゃん、スマホもサポートサービスに入ってんの？　いつから？　月々いくら？　実際にサポートしてもらったことある？」

「そういっぺんに聞かれたって」

「じゃあ最後のだけ。ばあちゃん、サポート受けたことある？」

「……ない、ねえ」

清は即座に自分のスマホで祖母が契約した会社のサービス窓口を調べ、電話をした。が、聞こえてきたのは「電話が混みあっている」云々の機械的な音声だ。「順番におつなぎします」とくりかえされるほどに、悠長にちんちろ流れるオルゴール音までが消費者を小バカにしているように思えてきて、清のいらだちはなお募った。

いったい有料のサポートサービスとは何なのか。サービスとは本来、無償の奉仕を指すのではないか。そんなオプション契約を高齢者に勧める社員は、彼らが最新の電子機器になじめずやがては使わなくなり、無駄なサポート代を月々払いつづけている事実も忘れてしまう、という可能性を考えないのだろうか。あるいは考えた上でそんな契約を勧めているのか。

「大変お待たせいたしました」

十分以上待たされたあげく、ようやくオペレーターの声を聞いた清は、相手が一本調子に切りだした「お客さまへのサービス向上のために録音を……」云々を最後まで聞かずに一喝《いっかつ》した。

「年寄りにはタダで親切にしたれ！」

# 17　誰がために貴方は進化しつづけるのか

昨日はついつい感情的になってしまいました。貴方を「クソテン」などとなじってしまったこと、反省しています。

貴方が貴方の原理に基づき、すべきことを粛々と履行しているのはわかっています。季節は移ろう。世の中は変わる。一所に立ち止まっていることが許されないこの時代、貴方は誰よりも速く走り続けることを強いられている。トップの座を明けわたすわけにはいかない。その宿命も心得ているつもりです。

けれど、テン。私にはやはりもうついていけません。

この絶望が、これまで私が貴方に依存しすぎてきた証であるのを承知の上で、それでも私は言いたいのです。

テン、貴方は越えてはならない一線を越えてしまったのではないですか。

今から思えば、貴方のご両親の時代はまだよかった。お祖父様やお祖母様の時代はまだまだ素朴だった。

早いもので、貴方の一族ともう四半世紀のおつきあいになります。

貴方の歴代ご先祖方に落ち度がなかったとは申しません。誰もが何かしらの問題を抱え、少なからず私を振りまわしてくれたものでした。手痛い仕打ちも受けました。

たとえば――そう、貴方の一族がまだ世に知られて間もなかったころ、貴方のご先祖はよく「フリーズ」をしました。脈絡もなく、突然、動きを停止する。それは保存していないデータの全消滅を意味しました。

フリーズ。あの不条理にして不可避なるブラックホールに、はたしてどれほどの労力が吸いとられて消えたことでしょう。

今にして思えば、しかし、あれもまだ素朴な瑕疵《かし》でした。起こったことは単純明快でした。労働の成果を一瞬にして失った。それだけです。

テン、貴方は違います。私には貴方がわからない。

たとえば、こういうことです。昨日、私は急ぎの仕事のために朝早くからパソコンに向かっていました。十時に宅急便が来たのを機にいったん仕事部屋を離れ、休憩がてらキッチンでエスプレッソを落とし、息子が散らかしたリビングをざっと片付け、さて、と再び仕事部屋へ戻ると、わずか二十分たらずのあいだに貴方は勝手なことを始めていた。

やりかけの仕事が画面から追いやられ、代わりに『更新プログラムを構成しています。ＰＣの電源を切らないでください。処理にしばらくかかります』の文字があるのを見た瞬間、私がどれだけ戦慄したことか――ああ、どれほど優秀であろうと想像力のない貴方には想像がつかないでしょう。

こんなことは初めてではなかったのです。だから、私には予期できました。この事態から自分がこうむるであろう時間のロスとフラストレーションを。

案の定、息の詰まるような十五分が過ぎても、貴方の更新はまだ０％のままでした。二十五分を超えたあたりでようやく１％になり、２％になり――50％に達したところでにわかにスピードが増していった。四十分がかかりでついに１００％に至ったとき、私はほっと胸をなでおろしました。この程度ですんでよかった、と。まさか貴方がさらなる狼藉を働こうとは夢にも思わずに。

『PCは数回再起動します』

貴方の宣言が喚《よ》んだ不吉な予感は的中し、再起動は一度では終わりませんでした。何度も何度も立ちあがっては去る貴方。やきもきと待つしかない私。

「このクソテンが！」

こらえきれず毒づいた時には、すでに待ち時間が一時間を超えていました。

ここで一つはっきりさせておきたいのは、私は貴方にアップデートなど頼んでいない、という点です。

プログラムの更新は祖父母の代からしてきたことだ。貴方はそう言いたいのでしょう。たしかに、彼らも定期的にアップデートの相談を持ちかけてきました。最新のプログラムに更新すべきだと、しばしば私をせっついてくれたものです。けれど、決定権は私にあった。アップデートするか、しないか。するのはいつか。決めるのは私でした。

テン、貴方は違う。貴方は私の都合などお構いなしに、唐突に、強制的に更新を始めてしまう。時として数時間にわたって私から仕事道具を取りあげ、最悪の場合、『更新プログラムを構成できませんでした』などとしゃあしゃあと報告する。

勝手に更新して勝手に失敗。その後、パソコンの動作が急に緩慢になり、ソフトも正常に機能しなくなって、泣く泣くその道に詳しい友人の助けを求めたこともありました（サポート窓口は例によって混雑を極めていたのです）。

その友人曰く、テン、貴方がこの世へ送りだされて以来、私と同様のトラブルに見舞われた人々からのＳＯＳが絶えないとのことです。パソコンが重い。ソフトが立ちあがらない。そんな不具合の原因を調べると、ユーザーの知らないところで貴方がプログラムの更新に失敗しているらしいのです。

返すがえすも――テン、貴方はなんと恐ろしい力を手にしてしまったことでしょう。あたかも意志を宿したかのように、随意にプログラムを更新する。ＡＩ。シンギュラリティー。そんな言葉さえ彷彿とするほどに、貴方は進化しすぎてしまった。一体どこの誰が貴方にそこまでの裁量を求めたのでしょう。

私は疲れました。ワープロの時代へ戻りたい。OASYSの親指シフトキーを私に返してほしい。

そんな泣き言ばかりが頭をかすめる昨今でしたが、しかし、テン、私はついに突破口を発見したのです。

貴方の自動更新を無効化する方法。貴方の脅威に抗する有志たちが、私と同じ被害に苦しむ人々のため、ネットにアップしていた設定変更です。

ええ、そうです。テン、貴方の一族のおかげで実り栄えたネット社会が、いまや貴方の暴走から人類を救わんとする情報拡散の場と化しているのです。設定変更の作業工程は数段階にわたり、素人目にはなかなか難度が高そうですが、私は必ずやりぬいてみせる。

テン、あまり人間を甘く見ないでください。

貴方の天下がどれほど永らえようとも、どうかこれだけは忘れないでください。

私たちが電源を入れないかぎり、貴方は立ちあがることすらできないということを。

# 18　ヒデちゃんの当たり棒

ちょっとした違和感。ほのかなイラつき。おぼろなクエスチョンマーク。

ある一語をきっかけに俊哉《しゅんや》が初めてそれに直面したのは小学三年生のときだった。

プール教室の帰り道、幼なじみのヒデちゃんと一緒にソーダ味のアイスを食べながら歩いていたら、横にいた影が急に止まった。肩ごしにふりむくと、食べおえたアイスの棒をヒデちゃんが太陽にかざしていた。

「当たった」

瞬時、胸に押しよせてきた物狂おしいほどの羨望を俊哉は今も忘れない。

ヒデちゃんが当たった。もう一個アイスをもらえる――。

俊哉はあわてて残り少ない自分のアイスを口の中で溶かした。丸裸になった棒には何も書かれていなかった。ヒデちゃんは当たり、自分は外れた。

当時の俊哉に友の幸運を共に喜ぶ度量はなかった。おめでとう。そのひとことが言えず、俊哉は熱いアスファルトの上に寂《せき》として立ちつくした。もしかしたら泣きそうな顔をしていたかもしれない。

そのとき、ヒデちゃんの舌打ちが聞こえた。

「チッ、こんなんで運を使っちゃったよ」

俊哉の指からすべり落ちた棒がコツンと地面を打った。ものも言えずに俊哉はヒデちゃんを凝視した。何をするにも一緒だった幼なじみが一気に自分から遠のいた気がした。

アイスの当たりを「こんなん」と見下せるヒデちゃんと、見上げてやまない自分。そこには埋めがたい溝があり、越えがたい谷があった。生きるほどにそれは広がっていくのではないかとの予感が俊哉の胸には早くも兆していた。

アイスは外れたが、予感は的中した。小三の俊哉がうっすら察知したとおり、その後の彼は大当たりとは無縁のつましい人生を歩むことになった。そこそこの高校に入り、そこそこの大学を出て、そこそこの勤め先を得た。そこそこのポストに就き、上司からの評価もそこそこで、暮らしぶりもそこそこ。若いうちは「大志を抱け」だの「野心を持て」だのとよく説教もされたものだが、俊哉からすれば皆の方が強欲すぎるように思えてならないのだった。

ヒデちゃんが口にしたあのショッキングな一語を、年齢を重ねるにつれ、俊哉は多くの口から聞くことになった。

「（自動販売機の下に落ちていた百円を拾った人）うーん。もっとなんか、ほかのことに運をまわしたかったなあ」

「（百貨店の福引きで二等の旅行券を当てた人）ラッキー！　だけど、ちょっと怖いな。今年分の運をもう使いきっちゃったみたいで」

「（商談の地へ飛ぶ便に乗り遅れそうになるも、機体整備の不備から出発が延び、なんとか間に合った人）いやあ、運がよかったよ。でも、できればこの運を商談に使いたかったなあ、ははは」

「（卵を割ったら黄身がふたつ出てきた人）ツイてる？　やだやだ、こんなんで運を使いたくないって」

「（間一髪で犬の糞を避けた人）あーあ、これで今日一日の運は使いはたした！」

目の前の小さな幸運を軽んじ、自分にはもっと大きな幸運を授かる資格があると信じてやまない人々。彼らの贅沢なぼやきに触れるたび、俊哉は否《いや》が応でもヒデちゃんの当たり棒を思い出した。生きるほどに違和感は膨らみ、イラつきも募り、クエスチョンマークも色濃くなった。

どいつもこいつも、なぜ素直に目の前の幸運をありがたがらないのか。そもそも、運とは使えば減るようなケチくさい代物なのか。否。巡り合わせた好事に喜び、感謝する。それこそがより大きな幸運を招くべき心得であるはずだ。誰もその道を行かないならば、僕が行こう。三十路に足を踏みいれたころにそう思い定めて以来、俊哉はそこそこの人生を愛し、どんな小さな幸運も見すごすことなくしゃぶるように味わい、感謝を捧げてきた。

古稀に達した今年、彼が宝くじで五億円を当てるという思いもよらない大幸運に恵まれたのも、そのおかげだと固く信じている。

「幸運すぎて怖い？　いえいえ、私は恐れません」

# 19　愛曽野椿子・四景

時は夕暮れ。

処は夜行列車。

一般車両の通路側席で巡業帰りの疲れを後れ毛から覗かせている愛曽野椿子《あいぞのつばきこ》に、半白《はんぱく》の男がそっと歩みより、ためらいがちに「すみません」と声をかける。

「愛曽野椿子さんですよね。私、ファンなんです」

表情を一変させ、「まあ！」と艶やかにほほえむ椿子の目尻のしわには、演歌一筋三十年の芸歴が如実に刻みこまれている。

「それはそれは、おおきに。お父さん、うちの曲をご存じで……？」

「知ってますとも。とりわけ『夜霧にけむる港の恋かもめ』は大好きで、カラオケの十八番にさせてもらってます」

「まあ！」と椿子は満面の笑みを微塵《みじん》も崩すことなく、むくんだ両手で男の手を包む。

「『夜霧にけぶる港の恋つばめ』を歌ってくれはってるんですか。ほんまにありがとうございます。どうぞどうぞ、これからも愛曽野椿子をよろしゅうお願い申しあげます」


時は昼下がり。

処は地方テレビ局。

素人のど自慢大会の審査員として招かれたものの尺の都合で持ち歌は披露させてもらえず収録を終えた愛曽野椿子に、赤いセーターを肩にひっかけた三十前後とおぼしきプロデューサーが歩みよる。

「愛曽野さん、お疲れ」

「まあ、田村さん！」

振りむく前から椿子の腰はほぼ九十度に湾曲している。

「こちらこそ、ほんまにお疲れさまでございました。このたびはお世話になりました」

「悪かったね、新曲、歌ってもらえなくて。北川さんがさ、どうしても二曲歌いたいって言い張るもんだから」

「なんも、なんも。大先輩の名曲を二曲も聴かせてもろて光栄です。これぞ役得や思うとりますわ」

「俺は買ってるよ、愛曽野さんの新曲、『さあ乾杯、心ばかりの祝い酒』だっけ。コンサバティブな曲調が逆に新しいよね」

「まあ！」

信じがたいとばかりに頬をつねった椿子の目は涙でぬれている。

「田村さん、『ああ完敗、心残りの独り酒』を聴いてくれはったんですか。田村さんみたいなお忙しいお方が……ああ、ほんまに、ほんまにありがとうございます。どうぞどうぞ、今後とも愛曽野椿子をよろしゅうお願い申しあげます」

時は夜更け。

処は大阪難波《なんば》の銭湯。

営業中に酔客からべたべた触られた肌をタオルでこすりながら、「故郷も男も今では哀しいダムの底〜」と新曲のサビをくりかえし練習していた愛曽野椿子に、大仏パーマのおばちゃんが「なあなあ、あんた」と声をかける。

「あんた、あれやねんな、あれ……愛曽野桜子や」

まあ、とすっぴんの顔をひくつかせながらも椿子は精一杯の笑みを湛えてみせる。

「お姉さん、うちのことをご存じで？　愛曽野椿子の曲を聴いてくれはったことあるんですか？」

「あるもないも、あんた今、歌うとったやないの。最近ようパチンコで流れとるあの曲やろ。朝から晩まで毎日何遍も聞かされて、もう耳にタコができとるわ。なんやっけ……そやそや、『哀愁と豊胸と餞別のララバイ』や」

「まあ！」

冷えた肌の上で石鹸の泡がしぼんでいくに任せつつ、椿子は風呂場のエコーを最大限に生かして声を張りあげる。

「お姉さん、『哀愁と望郷と惜別のバラード』を、そんなにしょっちゅうお耳に入れてくれはっとるんですか。ああ、ほんまに、ほんまにほんまにほんまにありがとうございます。皆さま、どうぞこれからも愛曽野椿子を、愛曽野椿子をよろしゅうお願い申しあげます」

時は黄昏《たそがれ》。

処は自宅アパート。

年代物の携帯電話を片手に愛曽野椿子はひとり逡巡《しゅんじゅん》をくりかえしている。

作詞家へ電話すべきか。それとも事務所の社長にすべきか。

思い悩んだ末に椿子は幾分ハードルの低い後者の番号を押す。

「……社長にはほんまお世話になっとるさかい、こないなお願いするのは気ぃが進まへんねんけど、そろそろ、ええかげん、作詞家の先生に言うたったほうがええんちゃうやろか。憶えやすい曲名ちゅうのはヒット曲の必須条件ちゃうのん？」

# 20　ハードボイルド作家に鼠は似合わない

黒影巌《くろかげいわお》はハードボイルド作家である。故に、小説は言うに及ばず、人間としてもハードボイルドたるべくつねづね己を律している。

無駄口はきかない。甘いものは食べない。女といちゃいちゃしない。合コンに誘われても行かない。自撮りはしない。行列に並ばない。ウイスキーはストレート。茶柱が立っても喜ばない。趣味は筋トレ。服は黒。極力笑わない。うっかり笑ってしまった際には右頰のえくぼを手で隠す。

自宅から徒歩二分の図書館へ行くときでさえ、黒影巌は一部の隙もない黒装束に身を包み、大型バイクのエンジンをうならせるのが常だった。

その日も、黒影巌は新作の参考文献を求めて図書館をめざした。探していたのは倉内大之輔の歴史小説だ。が、「く」の棚に走らせた目は倉内大之輔よりも先に黒影巌の名を捉えていた。

通常、黒影巌は公の場で自著を見ても見ないふりをする。自著への愛着をダダ漏れにするなどハードボイルド作家にあってはならない粗相であるからだ。が、このとき目に留まった『鉄の拳《こぶし》』は良い具合にカバーがくたびれており、少なからぬ手にこの本が渡った歴史がうかがえた。それに気をよくした彼はなにげなく本を抜きとり、表紙をめくってみた。

瞬間、表紙の見返しにあるべからざるものを発見し、「うっ」となった。

そこには彼のあずかり知らない黒影巌のサインがあったのだった。

Iwao Kurokage

サインの際、黒影巌は常に筆ペンを用いる。当然、漢字で書く。しかし、そこにあるのはマーカーペンの丸みを帯びたローマ字で、しかも、Iwao の o には大きな耳と尻尾がついている。鼠を象《かたど》っているようだ。

ハードボイルド作家のサインに鼠マーク？

唇をわななかせながらも、黒影巌は己に活を入れ、棚にある残り四冊の自著と対峙した。覚悟して『金剛石の計』に手をのばし、見返しを確認する。出た――鼠入りサインだ。恐れたとおりだった。残りの三冊も同様、すべて鼠被害を受けていた。

一体、誰がこんなことを？　何のために？　いたずらか。いやがらせか。はたまた度を超えたファンの暴走か。数多き謎の中でも最も彼の気にかかったのは、はたしてこのサインはいつ書かれたのか、という点だった。昨日や今日ではあるまい。そう思うと彼の心は絶望の闇に沈んだ。どこかのなりすましがここに出没してからこの方、少なからぬ人数がこれらの本を手に取り、そして、この鼠サインを黒影巌のものと思いこんだ。想像するだに耐えられない。

じっとしていられずに黒影巌は五冊を抱えて貸し出しカウンターへ走った。

「私、これらの本の著者ですが、実は見返しに私のものではないサインが……」

動揺を押し殺した渋い声色で事情を述べると、年配の司書は「それはそれは」と同情を示した。

「ご迷惑なことでしたね。こちらで責任をもって対処しますので、どうぞご安心ください」

その落ちつき様は過去にも似た事例があったことをうかがわせ、彼女が館内見回りの強化等を約束してくれても、黒影巌の胸騒ぎは収まらなかった。

眠れずに迎えた明くる日、彼は隣町の図書館へバイクを走らせた。推理は当たった。書架にあった自著三冊のいずれも鼠にやられていた。目を血走らせて駆けつけた次の図書館でも、そのまた次の図書館でも。

なんたるフットワークか。黒影巌はなりすましの精力的なサイン巡業に戦慄せずにはいられなかった。

もはや自分一人の手には負えない。その日、巡りに巡った七館のすべてで鼠の痕跡を認めた彼は、それまで仕事の告知でしか使ったことのない公式ツイッターに初めて私的なツイートをした。

〈どうやら私の偽サインが出回っているらしい。瑣末な事だが、念の為、読者諸君はご用心を。私のサインには落款《らっかん》がある。鼠はいない〉

その日を境に黒影巌のツイッターには無数の鼠情報がよせられることになった。

〈世田谷の××図書館で偽サインを発見しました〉

〈葛飾区の××図書館にも偽サイン有り〉

〈横浜××図書館にもネズミ出没!〉


一体どこまで手をのばす気か。黒影巌が慄然としているあいだにも、なりすましはみるみるそのテリトリーを拡大していく。


〈先週はなかったネズミ見っけ。千葉の新検見川××図書館〉

〈デターッ! 図書館はしごして、ついにねずみ発見。山梨の××図書館なり〉

〈大阪の××図書館にあったこのネズミ、どっかちがうよーな。なりすましのなりすまし?〉

〈青森××図書館です。このネズミは本物ですか?〉

〈そいつはきっと本物だ〉

〈ヤッタ!〉

〈ねずみ男、北海道にも来てくれ〉

〈沖縄も歓迎です〉

〈沖縄上陸しました。チュウ〉

　黒影巌以上になりすましの人気が高まっていく。

　看過できずに黒影巌はこれまで控えていた返信を解禁した。

〈徳島市××図書館にネズミ来訪。サイン本、記念にこっそりもらっちゃいました～〉

〈図書館の本を盗むのは犯罪である。速やかに返しなさい〉

〈ねずみ男さんのサイン会熱望！〉

〈鼠野郎に会うことがあったら伝えてくれ。そんなにサインが書きたいならばまず小説を書け、と〉

〈浦安××図書館にネズサインの変形ミッキー型サイン出現！　これはお宝もの⁉〉

〈オリエンタルランドが黙っちゃいないぞ〉

五分刻みにツイッターをチェックする黒影巌の孤独な戦いは、しかし、某編集者からのリプライを最後に幕を下ろした。

〈黒影、原稿を書け〉

# 21　世界一平凡な説教

日雇いの仕事現場で知り合った並木《なみき》という男に、一杯飲み屋でうまい話を持ちかけた。いわゆるネズミ講のたぐいだ。普通に売ったら儲からない物を、多少の嘘をつき、多少のズルをして売る。それだけで儲かる。

「けど、誰かが得するってことは、誰かが損するわけだよね」

「商品はべつに悪いもんじゃない。買った奴が良いもんだと信じりゃ、そりゃ良いもんなんだよ。誰も損はしない」

「そっかなあ」

二十五の俺と同い年の並木は、最初こそ渋っていたものの、酔いがまわるにつれて色気を覗かせてきた。

「ほんとに違法性はないんだよね？」

「おまえね、どんな大企業だって多少の嘘はついてるし、多少のズルはしてるぜ。それに比べりゃ俺ら個人が物を売るのなんてかわゆいもんだって」

「ま、そりゃそうだろうけど」

「俺らが派遣会社にかすめとられてるマージンを、ほかの連中からほんのちょっとずつ返してもらうだけだ。もちつもたれつってやつさ」

銚子を三本空けたころには並木もすっかりその気になっていて、軽くひと稼ぎした暁には派遣なんか辞めちまおうと二人で気炎を吐いていた。人間なんてそんなもんだ。誰だって楽して儲けたい。

ところが、いざ幹部に紹介する日程を決めかけたところで、並木は急にしらふに戻った目をして黙りこみ、数秒後、「うがーっ」と奇妙な叫びを上げて頭を抱えこんだのだった。

「ちくしょう、だめだ、思い出しちった」

「あ？」

「クッソ、なんで俺、思い出すんだよ」

「何をだよ」

「説教」

「は？」

「クソみたいに平凡な男のクソみたいに平凡な説教だよ。けど、思い出しちまうと、もうダメなんだ。うがーっ」

俺は並木を落ちつかせ、いったい何をほざいているのか説明を求めた。

並木の話はこうだった。


あれは俺が中二のころだった。俺は勉強嫌いで、部活の体育会系的なノリも苦手ですぐ辞めて、とにかく仲間と遊びまくってた。早い話が荒れていた。

授業はふつうにサボる。遅刻も早退もザラ。学校にいるときはたいていいつも暴れてた。みんなにバカだって目で見られてて、自分でもバカだとわかってて、けど、バカ以外の何者にもなれなかった。

教師たちはチョー弱腰。ちょうど体罰がメディアに叩かれはじめた時代で、中学生の自殺も問題になってたし、「バカは放っておくのが一番」とばかりに教師の全員が俺らを避けていた。学校来なくていいから早く卒業してくれってやつ。

俺らが空き家に酒だの煙草だの持ちこんで大宴会やってんのがバレたときも、まあ不法侵入ってんで警察まで呼ばれて大事《おおごと》にはなったんだけど、ここは一つ学校が責任を持って俺らを更生させるって話になったみたいで、よくわかんないけど警察は引っこんだ。で、宴会メンバーの俺ら……八人くらいだったっけかな、学校の会議室に集められて、その保護者も呼ばれて、更生会議？　みたいなのが始まって。なんでこんなことになったとか、また同じことを起こさないためにはどうするかとか、延々そういう話よ。けどさ、みんな、ほんとはわかってるんだわ。俺らがバカだからこんなことになって、バカにつける薬はないってこと。だから、どっかナアナアつうか、一応やることはやったって教育委員会に報告するためだけの手続きっつうか、まあ教師たちはそんな感じで、保護者たちはひたすら頭を下げつづけてたわけ。

最後に教頭が「我々は君たちを信じている」なんて平然と大嘘こいて、ハイおしまいってなったとき、それまでひと言もしゃべんなかった社会科の教師……バレー部の顧問だったんだけど、そいつが急に立ちあがって、俺らに言ったんだ。

「おまえらは無軌道に浮かれ騒いで楽しくやってるつもりかもしれないが、人間、汗なくして真の楽しみは得られない。バレー部の連中が汗にまみれて、苦しんで苦しんでつかみとっている感動を、おまえらは永遠に味わえないんだぞ」って。俺、バカじゃんって思ったよ。俺らよりバカがここにいたって。だって言ってることクサいし、なんのひねりもないし。学園ドラマで二千回くらい使われてきたような正論じゃん。世界一平凡な説教。なにこいつ、一人で熱くなってんのって白けたね。いやマジ、腹の底からうんざりしたんだけどさ……。

けど、思い出すんだよ。なんだかわかんないけど今になって、なんかあるたび、そいつの説教が妙に生々しくよみがえるわけだ。汗なくして真の楽しみは得られない。そのたびにケッて思って、振り払おうとするんだけど、払いきれなくて。むかつきながら、刃向かいながら、けど、俺はなんでか汗を流す系の仕事ばっかずっとしてきたわけで——。

「もういいよ」

それ以上は聞かずもがなだった。俺は並木の肩を叩き、飲み代を払って店を出た。何の足枷もない自分の身軽さをうっすら呪いながら。

# 22　羊たちの憂鬱

まるでひだまりの羊みたいにぬくぬくと生きていた大学時代、わたしにはさしたる深刻な悩みもありませんでしたが、とるにたらないちっぽけな不満は日常のあちこちに転がっていて、そのひとつが、友人たちの口ぐせでした。

友人の一人、真里子《まりこ》の口ぐせは「いま思えば」でした。

「いま思えば、高校生のころって、将来のことなんかまだなんにも考えてなくて、自由気ままだったよね」

「いま思えば、一、二年生のうちにもっとバイト入れて、お金貯めとけばよかったな」

「いま思えば、最初につきあった彼氏がいちばん優しかった気がする」

真里子は聡明なリーダー肌で、友人間のトラブル仲裁能力も高く、わたしは彼女の落ちついた物腰に憧れ、つねづね頼りにしていました。だからこそよけいに、その口から「いま思えば」を聞くたびに、ああ、また始まったと耳をふさぎたくなったのです。

真里子は「いま」をなおざりにしている。そう思えてなりませんでした。過ぎ去った日をいまさらふりかえって何になるのでしょう。いまの心に響くものだけがすべてのはずなのに。

そんないらだちを本人にぶつけることができなかったのは、わたしの小心ゆえでしょう。プライドの高い真里子を怒らせて友情にひびを入れるのが怖かったのです。

どうかいまの自分を見て。いまのわたしを見て。

そう心で叫びながらも、わたしには臆病な羊の笑顔で真里子の口ぐせを聞き流すことしかできませんでした。

もう一人の友人、由衣《ゆい》の口ぐせは「わたしなんか」でした。

「わたしなんか、足太いし、ミニスカートも似合わないし」
「わたしなんか、かわいくないからきっと内定、一生もらえないし」
「わたしなんか、絶対、彼氏もできっこないし」

由衣はけっしてネガティブな思考の持ち主ではなく、むしろ明るいお調子者でした。軽いギャグでその場を和ませるのが上手く、人をよく笑わせ、自分もよく笑っていました。が、その胸奥には鬱屈がひそんでいたと見えて、ひとたびお酒が入ると「わたしなんか」の雨霰《あめあられ》がとめどなく降りそそぐのです。

「わたしなんか」はたんなる卑下ではなく、他者への指令です。「そんなことないよ」の一語を抗いがたい横暴さで要求するのです。自分を否定することで相手から肯定してもらう——なんと不健全な自尊心の保ち方でしょう。

由衣の甘えに耐えられなくなると、私は黙って席を立ち、トイレで自分を落ちつかせました。心の反発を声にすれば由衣を傷つけるし、友情にも傷がつきます。自嘲モードの由衣のために、わたしは日頃の陽気な由衣までも失いたくなかったのです。

結局、わたしは慢性的なもやもやを胸に閉じこめたまま大学を卒業しました。

友情とは、相手の長も短も同等に、おおらかに受け入れて育むもの。学生時代のそんな定義は、しかし、社会へ出ることで少々変質しました。他者との協調が美徳ではなく義務として課された職場で、自分の地を隠し、あたりさわりのない会話に終始する相手が増えていくほどに、「そうなる以前」に結ばれた友情がひどく貴重で希少なもののように思われてきたのです。

真里子と由衣。素顔の自分によりそってくれた二人に、わたしはもっと言いづらいことも言うべきだったのではないか。社会の荒波に傷つけられる前に、互いにしっかり傷つけ合う。それぞ真なる友情と言えるのではないか。

そんな自問をくりかえしていたわたしは、就職から約八ヶ月後、ひさびさに二人と再会するに当たって、一つのことを胸に期していました。もしも今日、真里子が「いま思えば」を始めたら、あるいは由衣が「わたしなんか」を始めたら、いまこそ勇気を出して自分の思うところをぶつけてみよう。

とはいえ、まずは手始めのスモールトークで場をあたためるのが先決です。スーツ姿が様になってきた二人とスパークリングワインで乾杯をしたあと、一瞬訪れた沈黙を埋めるため、わたしはあえて軽いノリで二人に笑いかけました。

「ねーねー、なんかおもしろいことない？」

牧場の緑を暗雲が翳《かげ》らすように、二人の顔から笑みが消えました。そして、奇妙な間のあと、真里子と由衣は同時に瞳を力ませて言ったのです。

「有紗《ありさ》、それ言うのもうやめたほうがいいよ」

「前から気になってたんだけど、その口ぐせ、直したほうがいいと思う」

# 23　スモールトーク

よかった。今日はあいつじゃない。「こんにちは」と歩みよってきた美容師の顔を鏡ごしに一瞥《いちべつ》し、明日香《あすか》はほうっと胸の空気をぬいた。

いかにもアジア顔のくせして金髪頭のあいつ。顔の薄味を口ひげで粉飾しているあいつ。いつも首からでかいクロスをさげてるあいつ。ハサミと舌が連動でもしているかのように、カットのあいだじゅう絶え間なくしゃべりつづけるあいつ。「いつも休日とか何してるんっすか」とか、「裏の公園にポケモンのレアキャラとか出没してたの知ってます?」とか。

およそ美容院の客には二種類がいるのではないかと明日香はつねづね思う。美容師との会話を楽しみたいタイプと、極力放っておいてほしいタイプ。人みしりの明日香は真正の後者で、美容師の軽いノリに合わせるのが苦痛でたまらない。施術中に開いている本はある種の鎧《よろい》、スモールトーク無用の表明なのに、あいつは一ミリも忖度《そんたく》してくれない。

「へえ、本とか読むんっすか。なんの本っすか。おもしろいっすか」

担当を替えてもらおうか、いっそ美容院ごと替えてしまおうか。その二択を頭によぎらせていた明日香だったが、幸いにしてこの日の店内にあいつの影はなく、代わりにマッシュルーム頭の新人が担当を申し出た。

「右から二番目のシャンプー台へお願いします」

物腰やわらかな新人は、見たところ明日香とおなじ二十代の前半。ありがたいことに口よりも手を熱心に動かすタイプのようだった。

「クロス、きつくありませんか」

「お湯が熱すぎたら言ってください」

必要事項は短く伝達するものの、それ以上のコミュニケーションを強要しない。人の頭をマネキンのように手荒く扱うこともない。熱すぎずぬるすぎず、いい案配の湯が髪をぬらしはじめると、新人の彼に対する明日香の好感度はいや増した。

　実際、彼のシャンプーはとてもよかった。ぴかいちだった、と言ってもいい。ただ髪を洗うだけでなく、巧みに頭のツボを押さえて刺激する。時に優しく、時に力強く。十本きりとは思えない指のこまやかな動きはベテランピアニスト級だ。心地良いリズムにひたる明日香の体からはみるみる力が抜けていく。店内のざわめきが遠ざかる。水の音楽に身をゆだねているような恍惚感。そして、安堵感。全神経を指先にそそぎこんでいる彼は依然として言葉を発しない。

　美容師は敵じゃない。ふとそんな一語が脳裏をかすめた。そうだ、と明日香は強く思う。これほど真摯に自分を解きほぐしてくれるこの手が敵のわけがない。私はこれまで美容師というものを誤解していたのかもしれない。

　いつも身構えていた。バリアを張っていた。ぎこちないトークで気疲れしないために。五分後には互いにころっと忘れているような会話にエネルギーを浪費しないために。髪のダメージを気にかけてくれているのかと思えばトリートメント剤を売りつけられていた、というような羽目に陥らないために。

　しかし、冷静に考えれば、人の髪型が十人十色であるように、美容師の個性も人それぞれであるはずだ。単に自分はこれまで美容師運がなかっただけではないか。

加えて、おそらく自分にも非はあった。夢見心地なシャンプーは明日香を殊勝にもさせた。美容院での会話をただの暇つぶしではない実のあるものとするためには、私自身ももっと前向きであるべきだった。互いの協力が不可欠だった。言葉のキャッチボールとはそういうものだろう。

今からでも遅くない。明日香はさらにもう一歩、自分を前へ押しやった。今日という日を転機にしよう。このシャンプーが終わったら、思いきって自分から彼に話しかけてみるのだ。まずは極上のひとときへの感謝を捧げる。そこから自分と美容師との新しい関係、第二の歴史が幕を切って落とされる。よし、と明日香は奮い立つ。ところが——。

シャンプー終了間際、彼があの常套句を口にするなり、明日香はたちまち我に返った。

「流し足りないところはありませんか」

流し足りないところ——聞かれるたびにいつも思う。髪をゆすがれている本人になぜそれがわかるのか。絶対、本気で聞いてないっしょ?

シャンプー後、鏡の前に戻った明日香は静かに読書を再開した。

# 24　支柱なき世界

「ねえねえ、あなた、知ってた？」

その夜、十時過ぎに帰宅した悟《さとる》に温めなおした夕飯を出しながら、啓子《けいこ》はその日一日、誰かに言いたくてむずむずしていた話を切りだした。

「鎌倉幕府が成立したのって、一一九二年じゃなくて、一一八五年だったんですって」

　さも世紀の大発見のごとく告げるも、悟はなすとみょうがの味噌汁をすすりながら、

「ふうん」と気のない声を返した。

「また怪しげなネット情報じゃないのか」

「ちがう、ちがう。教科書よ。教科書にそう書いてあるの。私、腰ぬかしちゃった。

慶太の教科書を見てたら、私が習ったのとぜんぜんちがうことが書いてあるんだもの。イイクニツクロウ頼朝さん、はまちがいだったってこと」

「大昔のことだ、そりゃ誤認もあったろう」

五目ごはんを口へ運びながら、悟が醒めた声を出す。

「それだけじゃないのよ。なんだか気になっちゃって、私、調べてみたんだけど、今の教科書、昔とちがうとこだらけなの。私たちが子供のころに教わったことが、つぎつぎと覆されてるのよ」

ツナサラダへ箸を移す悟の前で、啓子は一人、ハイなテンポで語りつづける。

「たとえば、世界最大級って言われる仁徳天皇陵だけど、今の教科書じゃ、この名称が使われてないのよ」

「どういうことだ」と、味噌汁をすすりながら、悟。

「大声じゃ言えないけど、仁徳天皇のお墓じゃない可能性が高くなってきたみたいよ。いくらなんでもお墓をまちがえるなんて、うっかりしすぎじゃない？」

「人間のすることに絶対はない」と、五目ごはんを噛みしめながら、悟。

「大化の改新も然り、よ。中大兄皇子《なかのおおえのおうじ》が親政を始めたのって、じつは六四五年じゃなくて六四六年だったんですって」

「一年くらいは大目に見てやれよ。誤差の範囲だ」と、サラダのきゅうりをぽりぽりかじりながら、悟。

「一年どころじゃないのが、人類の起源よ。私たちの世代って、人類が地球上にあらわれたのはおよそ百万年から二百万年前って教わったじゃない。それが、今の教科書じゃ、七百万年前に変わってるの」

「五百万年の誤差か。壮大だな」と、味噌汁をごくりとやりながら、悟。

「感心してる場合ですか。あげくの果てに、江戸時代の鎖国もじつはなかった、なんて話にまでなってきて……」

「歴史の検証も日進月歩、それだけ学問が進んだってことだろう」と、ペースをあげて五目ごはんをかっこみながら、悟。

「鎖国が日本人を内向きにしたって話はなんだったのかしらねえ」

サラダ皿に残された苦手なトマトと格闘する悟をながめ、啓子は深々と嘆息した。

「まだあるのよ。江戸時代の『士農工商』も、じつは近代につくられた概念だったんですって。武士もお百姓も商人も職人も、実際はみんな横並びで序列はなかったたって話になってきたみたい。うちなんか、親が商売やってたもんだから、『士農工商』の話になるたびに、さんざん肩身の狭い思いをしたっていうのに」

「人間のすることに絶対はない」と、味噌汁のなすを探しながら、悟。

「あなた、それ言うの二度目よ」

「万物は移ろう。行く川の流れは絶えずして、しかも、もとの水にあらず。それを教えるのも教育ってもんだ」と、大事に残していた錦糸たまごを五目ごはんに絡ませながら、悟。

「君も、もう少し俯瞰的に物事を見られるようになるといいんだが」

このひと言が余計だった。二杯目の玄米茶を注ごうとしていた啓子の手がぴたりと静止する。

「ずいぶんと進歩的な人間ぶってるけど」と、サラダ皿へ移る悟の箸を睨《ね》めつけながら、啓子。

「私、何度も言ったわよね。三角食べが体にいいなんて、ひとむかし前の迷信にすぎないって。医学的にはなんの根拠もありゃしないのよ。むしろ、メタボ対策としては最初に野菜を食べたほうがいいんだから」

今度は味噌汁の椀へのびていた悟の手が止まる。

「いいんだ、ばあちゃんがそう言ったんだから。俺は世界がどうなったって、ばあちゃんの教えを信じる」

# 25　日本語で話せます

私は8年日本に滞在しています。私は日本語はできます。私の日本語はかんぜんなるものではありませんが、私は進歩をめざして努力しました。日本語は、言うまでもなく、ひじょうにむずかしい。「むずかしい」か「むづかしい」か、私はたゆまずなやむのです。

私は、時によって、重大なミステイクをします。失敗もまたひとつのそうぞうぶつです。アングロサクソンは失敗をおそれない勇気をよろこびにかえてきました。

はい、これは日本でこまることの話ですね。わかります。

私は——さようにお話したように——日本のみなさんとのコミュニケーションをよ

ろこびにかえてきましたが、ひんぱんに、それをふせげる行動にあいます。私がフォリナー・ハンターと呼ぶものです。

私は昨夜もえじきになりました。

私は会社の近くのイザカヤで日本酒を楽しみ中でした。私のよこではガールフレンドも楽しみ中でした。その夜は、私と彼女がとくべつになる運命にとって、ひじょうに大切な夜でした。

しかしながら、とつぜん、私のとなりの四十さいくらいのスーツ姿の男が、私に話しかけました。

「ドゥ、ユー、ライク、ジャパニーズサケ？」

日本には、外国人を見ると英会話したい人々がいます。

このことになれた者として、私は日本語にスマイルをそえて言いました。

「私は、たしなむていどに、日本酒は好きです」

ここで、じょうしき的なハンターは、らくたんとともにあきらめるでしょう。

しかしながら、時によって、さらなる会話を求める人々もいます。残念なことに、昨夜のハンターもそのひとりでした。

「ホワット、ドゥ、ユー、ライク、ジャパニーズフード?」

「……」

ここで私にできるトラブルシューティングは、ちんもくです。

「ホワーットッ、ドゥ、ユー、ライク、ジャーパニーズフードゥ?」

「……」

「ホワーットゥ、ドゥ、ユー……ノー、ノー、ノー! ソーリー! ソーリー! ワンス、アゲイン! ホワートゥ、ジャパニーズフードゥ、ドゥ、ユー、ライク?」

私は、彼が英会話をならっている可能性を考え、天をあおぎました。彼らは投資をかいしゅうしたいのです。

彼らの英会話の道具になるをのぞまない私は言いました。

「私はきようけんのシウマイべんとうが好きです」

「ノー、ノー、ノー! シューマイ、イズ、チャイニーズ、フード! ノット、ジャパニーズフード、ネ。ウワーッハッハ」

「私は、きようけんのシウマイは、もはや日本の文化と考えます」

「ホワートゥ、ジャーパニーズフードゥ、ドゥ、ユー、ライク、ザ、モーストッ?」

「きようけんのシウマイべんとうです」

「オー、マイ、ガーッ！　ウワッハッハ！」

「シウマイべんとうのしょうゆさしは日本の美学の結晶です」

「エニウェイ、プリーズ、テイク、ミー、ア、ピク……ノー、ノー、ノー！　プリーズ、テイク、ア、ピクチャー、ウィズ、ミー！」

どうか日本のみなさんにお願いです。

このつみぶかいフォリナー・ハンティングによってガールフレンドとの夜をスポイルされた外国人がフェイスブックでさらされるのを見たら——ひんぱんに、それは「英語が役にたった」のコメントとともに——どうか「いいね」しないでください。

# 26 さっさと忘れるしかないような一件

約束の七時に五分遅れて店に現れたときから、西野《にしの》はどこか落ちつかない様子だった。奥の二人席にいた真弓《まゆみ》を見つけると軽くほほえんだものの、向かいの椅子に浅く腰を引っかけたときにはすでに笑みは引いていた。心なしか瞳の色が暗い。

「まずは何を飲まれますか」

ひと月ぶりですねと再会の挨拶をしてから真弓が尋ねると、西野は差しだされたメニューも見ずにビールを注文し、「じつは……」と改まった口調で切りだした。

「謝らなきゃならないことがあります。せっかくのお誘いですが、私、今日はビール一杯だけで失礼させてもらいます。少々事情が変わってしまいまして」

「事情？」

「彼女ができたんです」

彼女。真弓はその二文字を頭で反芻《はんすう》しながら次の言葉を待った。彼女と急な約束が入った？　彼女が体調を崩している？

しかし、伏し目がちの西野が放ったのは予期せぬ一語だった。

「ですから、香本さんの気持ちには応えられません」

「え。どうしてですか」

あっけにとられる真弓を初めて西野が直視した。哀れみと疎《うと》ましさが混在した瞳。

「私、こういうところはわりとまじめなんです。彼女を裏切るような真似はできません」

どうしてですか、と再び声にする直前、真弓ははたと彼の誤解を悟って狼狽《ろうばい》した。

「いえ、あの……私、そういうんじゃなくて、本当に、今日はお礼がしたかったんですけど」

そう、相手が何をどう取りちがえていようとも、真弓にとってこれはお礼の食事会だった。

某制作プロダクションに勤めている西野は、フリー契約の真弓が請け負っていた情報番組『ぶらり五反田』の担当でもないのに、かつて五反田に住んでいたというだけで親切に協力してくれた。穴場スポットを教えてくれたり、五反田通の知人を紹介してくれたり。忙しい仕事の合間をぬって取材交渉につきあい、露出をためらう店主に一緒に頭を下げてくれたこともある。おかげで番組の内容が深まり、視聴者からの反応も上々だった。

真弓が西野への感謝をしたためたメールに「お礼に一度お食事でもご馳走させてください」と添えたところ、「了解。じゃ、気さくに話せるビストロなんてどうかな」とその日のうちに返信が来た。六つ下の西野はそれまでずっと丁寧語だったため、真弓は若干の違和を感じたものの、まさか妙な誤解を生んでいるとは夢にも思わなかった。仕事で世話になった相手にお礼をするのはよくあることだ。

「私のメールがまぎらわしかったなら、すみません。でも、そういうんじゃなくて……」

「こちらこそ、プライドを傷つけてしまったのなら、すみません」

真弓の必死の訂正すらも、西野は独自の受けとめ方をした。

「男のけじめとして、来るには来ました。でも、やはり一杯だけにしておきます。悪く思わないでください」

そう言うが早いか、決意の程を示すようにビールを一気に喉へ流しこみ、財布から出した千円札をテーブルに載せる。

「失礼します」

口の泡もぬぐわずに歩み去ろうとする西野を、真弓はあわてて呼びとめた。

「待ってください。お代はけっこうです」

「いえ、ご馳走になるいわれはありません」

「あります。それが今日の主旨です」

「本当にすみませんでした」

逃げるように去っていく西野から千円札へ目を移し、真弓はぽうっと虚脱した。勝手に誤解されて勝手にふられたことよりも、感謝の気持ちをこんな形で置き去られたことがむなしかった。彼は自分を仕事仲間として認めてくれてはいなかったのだ。

男と女の友情は成立するのか——学生時代、友達からよく議論をふっかけられたテーマがふっと頭に去来した。肯定派だった真弓はいつも皆から軽くばかにされていた。社会人十年目の今ではもう誰も友情なんて言葉さえ口にしなくなり、やっとあの煩わしい問いから解放されたかと思ったら、今度は形を変えてまた別の問題が差しだされる。男と女のパートナーシップは成立するのか？

ビールの泡だけ残された空きグラスを見据え、成立する、と真弓は胸のもやつきを払うように強く思う。ごく少数の勘違い野郎のせいで、これまでこつこつと築いてきた信頼関係まで否定してなるものか。

「すみません、連れに急用が入ってしまって……」

店員に食事のキャンセルを告げて詫び、西野が残したお札でビールの支払いを済ませた。お釣りの三百円を持てあましながら店を出ると、街はまだ明るく、ど下手なトランペットの調べが二月の冷気を軋ませていた。

真弓は薄着の路上パフォーマーへ歩みより、一円玉しか入っていない楽器のケースにてのひらのコインを落とした。

トランペットの音色がにわかに元気づいた。

# 27　タクシードライバー

　十年来の旧友である翔子《しょうこ》と紗英《さえ》がタクシーを拾ったのは、夜の十時を回ったころだった。ゆるやかに減速して止まった一台の屋根には個人タクシーの行灯《あんどん》があった。

「恵比寿でございますか。道のご指定はございますでしょうか。この時間でしたら白金トンネルを抜けるルートが最短と思われますが……はい、ではそのようにさせていただきます」
　四、五十代とおぼしき運転手は礼儀正しく、運転も丁寧だった。コーナリングやブレーキによる振動もなく、あたかも氷上をすべるように車は夜気をぬって走る。その模範的なドライビングに、翔子は「個人タクシーのライセンス取得は容易ではない」といつか誰かに聞いたのを思い出した。これが選ばれし有資格者か。

くださ い」

「お寒くありませんか。温度調節をお求めの際には、どうぞ、ご遠慮なくお申しつけください」

客への心遣いも行き届いている。ワインをしこたま飲んでいた翔子は自分の酒臭さが気になりだすも、となりの紗英は何も目に入っていない様子で、一人、ろれつの怪しいぼやき声を上げつづけていた。

「本当に、情けないったらないよ。誰一人、ほんとに誰一人、白は白、黒は黒って、あったりまえのことが言えないんだもん。ぼんくらの二世社長が白って言ったら黒いもんも白、黒って言ったら白いもんも黒」

今日の紗英は終始この調子だ。浮かない声色で飲みに誘われたときから察しはついていたものの、職場のストレスが極限まで高じているらしい。

紗英の勤めるアパレル会社では前年に社長の交代があり、現場を知らない二代目が万事に口出しをしてくるようになった。一軒目のビストロで紗英はさんざんその鬱憤を吐きだし、吐いても吐いても吐き足りないからもう一軒、と馴染みの店へ移動することになったのだった。

「そりゃ、社長はアホだよ。デザイン案を絞りこむのに、うちの娘が気に入ったからこっちで、なんて平気で言っちゃうドアホだよ。娘ってまだ五歳だよ。けどさ、審美眼に長けたお子さまですね、なんておべんちゃら言ってる同僚も同僚でしょ。なんで誰も反論しないわけ？」

「紗英はしたの？」

「当然。社長、お言葉ですが、五歳の女の子は全員ピンクが好きなんです、って言ってやったよ。それ以来、社長の冷たいこと。同僚たちまで私を避けはじめちゃって、なにこの職場、中学校？」

鼻息の荒い紗英の頭がふいにがくんと傾き、翔子も腰に衝撃をおぼえて前屈みになった。直後、フロントガラスの前を一台のバイクが強引にすりぬけていった。

「お客さま、大変申しわけございません。お怪我はございませんか」

「え……ええ。はい」

「汗顔の至りです。二度とこのようなことがないよう猛省いたします」

「大丈夫です。本当に、全然なんでもないので……」

己が許せぬとばかりに声を固くする運転手をなだめ、翔子は紗英へ向きなおった。

「けどさ、紗英って、ほんとに変わらないね」

「え、なにそれ」

「私、紗英の卒業文集の作文、今でも憶えてるんだ。他人と迎合することが大人になることとは思わない、私は何歳になっても自分が納得いかないことにはＮＯと言いつづけたい、って」

「えー、私、そんなこと書いた？」

「書いただけじゃなくて、昔から実践してたよね。前髪切れって言われても、切らなきゃいけない根拠がないって絶対に従わなかったし。先生たちの都合で文化祭がなくなりかけたときには、みんなを率いて猛然と抗議運動やってたし」

「やだ、なんか恥ずかしいな。私、昔からずっと反抗期だったみたい」

「うん。でも、いいんじゃない、永遠の反逆児。それが紗英だし、紗英には私、百歳になっても我が道を突き進んでほしいよ。まわりに迎合なんかしないで」

紗英がはにかんだ笑みを返したところで、見覚えのある通りに出た。

「こちらでよろしいでしょうか」

路肩へ寄ったタクシーが止まると、財布を開いた翔子を「いいの、いいの」と押しのけるようにして紗英が支払いをすませた。

「先程の雨でまだ地面がぬれていますので、どうぞお足元にお気をつけください」

紗英の変化に翔子が気づいたのは、最後まで気配りの人であった運転手の車が去ってからだった。

路肩に立ちつくしたまま動かない紗英の顔からはすっかり酔いが去っていた。

「負けた」

「え」

「あの運転手さん、シートベルトしてなかった」

「ええっ」

翔子がぎょっとして視線を投げるも、タクシーのテールライトはすでにはるか遠く、あの慇懃な彼がどんな信条のもとにどんな我が道を突き進んでいるのか、もはや知るよしもないのだった。

# 28　満場一致が多すぎる

「では、決を採ります」

低く響きわたる岸《きし》専務の声に、増田《ますだ》課長の上顎がひくついた。

「我が社の広報の一部をアウトソーシングする案件につきまして、賛成の方は挙手をお願いします」

会議室に居並ぶ二十人弱に先駆け、我先にと挙手をしたのは民主的会社運営を標榜する西島《にしじま》社長だ。続いて、その両脇に陣取る上役ふたりが高々と手を挙げた。とたん、これまでじっとしていたのは身のほどをわきまえてのことです、本当は挙げたくて挙げたくてたまらなかったのですとばかりに、そこにいる全員が競って掌《てのひら》を突きあげはじめた。

会議机に目を落としたまま、増田課長は最後に挙手をした。コスト軽減のためのアウトソーシングに不満はない。釈然としないのはこの空気だ。

「満場一致で決まりました」

岸専務の声が増田課長の胃を捩《ねじ》った。

多数決による採決を増田課長は否定しない。

その場の全員が同じ重さの一票を有する。キャリアも肩書きも無関係。フェアと言えばフェアである。いかなる決定事項にも会議での承認を求める西島社長は良心の人なのかもしれないとも思う。

一方で、課長への昇進と同時に会議漬けの毎日が始まって以来、増田課長の胸には多数決への懐疑も募っている。

「満場一致で決定しました」

その一語を発するとき、議長を務める岸専務の声にはある種の特異な熱がこもる。満場一致、と発するときにしかない高ぶり方をする。その横で西島社長は満足げにうなずく。満場一致、と聞いたときにしか見せない満ち足り方をする。

満場一致で何かが決まるのはたいそう気分がいいらしい。

その心情は増田課長にもわからないでもないが、問題は、時として挙手への躊躇を覗かせる面々に対する西島社長と岸専務の刺すようなまなざしだ。目だけでこれほど人を恫喝《どうかつ》できるのかというほどに、満場一致の敵に対する二人の視線攻撃には容赦がない。重圧というよりは圧搾だ。力づくで賛意を絞りとる。

ひとりやふたり意見を異にする人間がいても、過半数が賛成すればその案件は通る。それが多数決だ。そもそも、議題にのぼった段階で、それはもう幹部役員に根回し済みの案件であり、決定するのは目に見えているのである。

全員の賛意は必要ない。にもかかわらず、社長も専務も執拗に満場一致を欲しがる。満場一致こそが民主主義の真髄だとでも言わんばかりに。

しかしながら、実際問題、満場一致ほど民主主義から遠いものはないのではないか、と増田課長は思うのだった。二十人中二十人が全員同じ考えを持っているなど却っていかがわしくないか。何割かの反対や棄権を内包して、初めてそこに民主的な血が通う。すなわち、挙手に抗する勇気こそが真の民主主義を築き得る。

満場一致の甘い誘惑に負けてはならない。

会議のたびにその一念を深めていった増田課長は、ある日、ついに動いた。

「では、つぎの採決に移ります」

岸専務の声に、増田課長の下顎が震えた。

「満場一致による議決には警戒すべき盲点があるのではないか、との増田課長の問題提起につきまして、賛成の方は挙手をお願いします」

出世の道は消えた。そう覚悟した増田課長は、つぎの瞬間、我が目を疑った。

社長をはじめとする全員がのっぺらぼうのような顔で手を挙げていた。

「満場一致で決定しました」

# 29　エスカレーターに背を向けた男

前川俊治《まえかわとしはる》が駅のエスカレーターと袂《たもと》を分かったのは、かれこれ六十年も前のことである。

入社二年目にして人間関係の軋轢《あつれき》に悩み、朝日を恨む思いで通勤していた時期だった。同様に重たい足取りで前を行く会社員の群れが駅の改札をすりぬけ、排水溝へ吸いこまれる汚水のごとくエスカレーターへ吸引されていく景色に、突如、俊治は猛烈な違和感をおぼえたのだった。

階段はすかすかに空いている。なのに、二本の足で自らを運ばず自動的に運ばれることを求めるこの長蛇の列は何だろう。良い齢をした良い体格の男たちが、わずか数十段の上りも厭《いと》うほど朝から疲れきっている。

おまえもこの列に与《くみ》するのか――見えない何者かに重大な決断を迫られた思いがし、俊治はほとんど戦慄した。本音に背いて階段へ足を向けたのは、青臭い反抗心の為せる業であったのかもしれない。

俺は違う。俺は違う。俺は違う。

俺はあそこへは呑みこまれない。

一歩一歩、段を踏むごとに俊治は心でそう叫んだ。

その翌日も、翌々日も、俊治は敢然とエスカレーターを拒みつづけた。

ベルトコンベアの行列を横目でにらみ、鼻息の荒い対抗心に燃えていたあいだはまだまだだった――と、今の俊治は思う。階段初期の自分はむしろ過度にエスカレーターを意識し、誰よりもエスカレーターに乗せられていたのかもしれない、と。

一年、五年、十年――年月を経るほどに俊治は我執を脱し、肩肘《かたひじ》を張らずに階段を上れるようになった。加齢による環境や心境の変化も手伝い、人は人、自分は自分と横ではなく前を向いて歩みだすに至った。

ここまで来れば、会社や街の施設でもおのずと階段へ足が進む。「なぜ階段を上るのですか」と問われれば、「そこに階段があるからです」と答える。「エスカレーターもありますよ」と言われれば、静かに首を振るばかり。

いかなる行為も重ねるうちに習慣と化す。心ではなく体がそれを反復しはじめる。階段上りが俊治の人生に真なる実りをもたらしたのは、その域に達してからだろう。自立心。克己心。忍耐力。持久力。ど根性。険《けわ》しき道を選びつづけた俊治にもたらされた恩賞は数知れない。

筋力アップによる体型改善もその一つに挙げられる。会社の女性社員から「前川さん、いい感じに引きしまってますよね」「後ろ姿がセクシーです」などとおだてられて赤面するのもまんざらではない。体力がついたおかげかすっかり風邪とも無縁になった。

不惑の四十代を迎え、肉体の衰えに脅えだした同年代がジム通いやジョギングを始めた頃も、俊治は時流に乗ることなく我が道を貫いた。急に運動を始めた者たちは、大概、やりすぎて逆に体を痛める。ジムのマシーンにはより長い疾走を、より強靭な筋肉を、と人間を駆りたてる魔物が棲んでいるのではないかと俊治は思う。

翻って、階段にはそれがない。厳《げん》として定められた段の数は人間の煩悩《ぼんのう》を刺激しない。ノープレッシャー。ノーストレス。加えるところにノーコスト。生きるほどに階段のありがたみが骨身に沁みていく。

五十、六十と加齢し、さすがに身体の老いを認めはじめて以降も、俊治は定年を迎えるまで階段上りの精神を損なうことはなかった。親友の訃報に涙し徹夜で飲みあかした翌朝も、上司に早期退職を勧められた帰りも、断じてエスカレーターに身を委ねはしなかった。一段一段、日々の悲喜《ひき》交々《こもごも》を刻むように階段を上りつづけた。

通勤の必要を失った今も尚、駅では階段派に徹している。

米寿を過ぎた老人がエスカレーターに丸い背を向け、杖を片手によれよれと階段を上っている。傍目には奇異に映るにちがいない。時に「大丈夫ですか」と手を差しのべてくる若者もいるが、しかし、それは俊治の求めるところではない。

要らぬ情けをかけるより、この背中から学ぶべきを学べ。脱・エスカレーターの精神を受けつぐ階段道の後継者。その輩出こそ今や俊治の切願であった。

とは言え、かくも頼りなき背中であるのは否めない。俊治にはもはや一息に段を上りきる力はなく、数歩ごとに止まっては脈を整えるのが常である。最後の一段を上った頃にはすっかり息も上がっている。

達成感と安堵感。まだ俺は階段を選べるぞ。が、しかし、はたして目的地まで辿りつく余力があるのか否か――。

「あの、よろしかったら、どうぞ」

ふらふらと電車へ乗りこむ俊治に、大抵は誰かが席を譲ってくれる。

「ご親切に、ありがとう」

階段以外の場では人の好意に甘える俊治であった。

# 30　破局の理由は……

日本有数のお嬢様大学に通う学生の中でもとりわけ有数のお嬢様である名家のご令嬢、翠川《みどりかわ》ひめ乃《の》さんが恋人の椿山天彦《つばきやまあまひこ》氏と破局した。その電撃スクープに学内は激震した。

というのも、椿山氏はお嬢様人気の高いゴルフ授業を受けもつ新鋭のプロゴルファーで、甘いマスクと長い四肢から「ゴルフ界の福山雅治」ともてはやされ、二人の交際が発覚した際には「ゴルフ界の福山ロス」現象をも巻き起こしたほどだったのだ。

交際わずかひと月にして、その椿山氏がひめ乃さんにふられた。

お嬢様らしからぬ即断の理由やいかに。

というわけで、早速、講堂内にてひめ乃さんの囲み取材が行われた。

今をときめくゴルフ王子となぜ別れたのか。取材開始当初、ひめ乃さんを取り巻く学友たちの中に殺気立った空気があったのは否めない。お嬢様ならば何をしても許されると思っているのか。家柄に恵まれ、イケメンの男も手に入れ、いったい何が不満なのか。

福山ロスを根にもつ学友たちの質問攻めを、しかし、そこは真正なるお嬢様、ひめ乃さんは終始おだやかな物腰を乱すことなく、育ちの良さを匂わせる悠然たる態度で受け止めた。その姫対応に学友たちの剣幕は徐々に鎮静し、最後にひめ乃さんが心もち頬を染めながら正直な胸の内を吐露するに至って、誰もが「なるほどなるほど、ひめ乃さんと椿山氏の破局は仕方のないことだった」と納得したのだった。

学友Ａ「椿山天彦氏との破局報道が出ていますが、事実ですか」
ひめ乃「誠に残念ではございますが、はい、事実でございます」
学友Ｂ「理由を教えてください。納得のいく理由を」
学友Ｃ「なぜひと月で別れたりしたんですか、お嬢様ともあろう人が」
ひめ乃「ひと言で理由を申しあげるのは容易ではありませんが、それでも尚かつひと言で申しあげるとしますなら、価値観の違いでございましょうか」
学友D「はぐらかさないでください」
学友E「答えになっていません」
学友F「もっと具体的にお願いします。ひめ乃さんの価値観って何ですか」
学友G「率直なところ、椿山氏のどこが気に入らなかったんですか」
学友H「たったひと月の交際で人間の何がわかるっていうんですか」
学友I「そうよ。二十年間生きてきたって、私、自分のことすらよくわからないのに」
学友J「答えてください。ひめ乃さんは、椿山氏の何を理解した気になった上で、それを否定したんですか」
学友K「相互努力で解決する気も起こらないほどの決定的な価値観の違いって何なんですか」
ひめ乃「皆様のおっしゃるとおり、人間というのは奥深いものであると私も日々感じております。短い時間の中でその深部をうかがい知るのは誠に困難でございます。と同時に、時として、思いがけない拍子にその深部が垣間見えてしまう瞬間があるのもまた事実でございます」
学友L「つまり、ひめ乃さんは椿山氏の深部を垣間見たわけですか」
学友M「何を見たのか具体的にお願いします」
ひめ乃「まず前提としてご理解いただきたいのは、これは私の問題であり、天彦さんの問題ではないという点でございます。彼の深部に非があるのではなく、それを受け入れられなかった私自身の狭量さこそ責められるべきものでございます」
学友N「具体例をお願いします」
学友O「椿山氏のどんな深部をどこで見たんですか」
ひめ乃「重ねて申しあげますが、天彦さんにはいかなる非もございません。私たちは先日のデートで初めてドライブをしただけでございます。天彦さんは拙宅まで車で迎えに来てくださり、それはそれは丁重に両親へもご挨拶をしてくださいました。手土産は千疋屋のフルーツの詰め合わせでございました。わざわざ三つ揃えのスーツ姿でお越しくださり、そのお心遣いに頭の下がる思いがいたしましたし、両親もまさしく殿方の鑑と相好《そうごう》を崩しておりました」
学友P「じゃあ、なんで？」

学友Q「そこまで至れりつくせりの椿山氏となぜ別れたんですか」

学友R「はっきりさせてください。いったいどんな深部を……」

ひめ乃「（心もち頰を染めながら）天彦さんのポルシェのナンバーが『4649』だったのでございます」

## 31 あら、いつのまに?

結婚指輪? ええ、しません。してませんでしたねえ、結婚当初から。

いえ、一応、指輪の交換はしましたし、ま、最初の三日間くらいはつけてたかしら。

自然と、しなくなりましたねえ。

理由? とくにね、ないんですよ。なんとなく、自然と……あえて挙げるなら、面倒くさいっていうか、邪魔っていうか、そんなところかしら。もともと、それほど装飾品を身につけるほうじゃないんです。

夫も、最初だけですね、つけていたのは。おたがいになんとなくつけなくなって、左手の薬指のぶんだけ、ちょっと自由になったって感じだったかしら。

束縛しあわない関係？　いえいえ、そんな大層なものでもないんですよ。でも、指輪をしてなきゃしてないで、ときどき、なぜしないのかと聞かれたりして、それもそれで面倒なところもありますよね。そこに理由や主義主張を探そうとする人もいますからね。あらゆる事象には理由がある、と。

あえて挙げるなら……あえてですけど、私、結婚が遅いほうだったんです。三十四歳。今の時代は、もうそれほど遅いほうでもないのかしら。

私が若いころは、女は二十五までに結婚しろとか、まだまだそんな風潮でしたからね。二十歳を過ぎるとみんながそわそわしはじめて、ひとり、ふたりと友達の名字が変わるたび、いやな焦りが生まれて。

あのころ、まわりに先がけて結婚した子たちって、どこかこう、やっぱり、得意げだったんですよね。自分は男に選ばれた、唯一無二の伴侶として認定されたっていう、絶対的な勝利感？　何を言っても口の端がにやけてるっていうか。

その、にやけ笑いの象徴というか、選ばれし女の自尊心を具現化したのが、結婚指輪のように思えたのかしら。いわば、女としての「上がり」マーク？

名字を変えた友達の薬指に指輪を見るたびに、やっぱり私、どこかで負の感情をためこんでいたのかしらねえ。嫉妬心というよりは、競争心に近いやつ。

結婚自体は、それほどしたかったわけでもなかったんですよ。私、仕事が好きだったので。今みたいに、男性も家事に協力的って時代でもありませんでしたしね。結婚をしたら損をするのは女。キャリアを積むには独身のほうが好都合で、だから夫はいらない、でも結婚指輪はしてみたい、みたいな?

私も私で、幸せの象徴だけをほしがっていたのかもしれませんね。

ま、若いころの話です。

三十四歳で実際に結婚したころには、指輪なんて、もう本当にどうでもよくなっていたんです。若いころに意識しすぎたせいで、逆に、うとましく思えたくらいで。今さらこんなものありがたがるか、ってね。

ただ、「指輪はどこで買う?」って夫に聞かれたときに、それを拒むほどの理由も持ちあわせていなかったんですよね。今さら象徴はいりません、なんて主張するほどムキにもなりたくないっていうか。それで一応、指輪の交換はしましたけど、なんとなく、ええ、いつのまにかしなくなっていましたねえ。

拘束感？　足かせ？　いえ、そんな大層な話でもなかったんですけど、気がついたら、指輪をしないのが常態になって、もとの身軽な指にもどってました。

夫も別段、気にしませんでしたね。私がしようと、外そうと。

でもねえ、おもしろいんですけど、半年くらい前かしら、若い女の子に言われたんですよ。結婚してるくせに結婚指輪をしないのはずるい、って。もう恋愛市場からは退いてるくせに、まだ女として自分を売りこもうとしてる気がするんですって。

へえ、そんな見方もあるんだって驚いて、それでふと、ひさしぶりに結婚指輪をしてみようかって気になったのかしら。

ところが、指輪を探したら、これがね、ないんです。どこにも。

私ね、結婚指輪、いつのまにかなくしちゃったみたいなんですよ。

おかしいでしょう。ええ、なんだか私も拍子ぬけしちゃって。

あーあ、こんなことなら、結婚指輪をしない理由、「なくしちゃったから」でシンプルにすませられたのにって。ほんと、おかしくて、おかしくて。

もっとおかしいのは、結婚指輪がないのに気がついてから四ヶ月後に、私、夫と離婚したんです。

はい、つい最近ですから、まだあんまり公言してないんですけどね。

理由？　まあ、いろいろと。ええ、ほんとうに、いろいろと。

結婚指輪の紛失？　もちろん、直接的な因果関係はありませんよ。ただ、離婚へむけた話し合いの中で、ああ私、指輪どころか、夫のこともうとっくに失っていたんだって、しみじみ気づかされたのは事実ですね。

十二年間の結婚生活をふりかえって？

何もないです。終わったことですもの。

# 32　絆について

この度の報道を受けまして、私の雇用主である飯塚《いいづか》よしき衆議院議員より誠意ある対応を求められました為、このブログにて私の思うところを述べさせていただきます。

確かに私は妻子ある身で人妻と一夜を共にしました。

弁解は致しません。浮気と言われれば浮気、不倫と言われれば不倫です。

白か黒かと問われれば、黒です。

真っ黒けっけです。

居直っているわけではございません。かえって潔い、などという賛辞を期待しているわけでもありません。ただ事実を事実として申し上げているのみです。どうせ大した事実ではありません。

無論、妻と子供たちには大変申し訳のないことをしましたし、もしも許されるならば今後も半永久的に謝罪と償いの日々を重ねたく思っています。

しかし、私にはなぜ世間の皆さんが、私という個人の性行為にそこまで関心を抱かれるのかが理解できないのです。

いえ、皆さんの関心のポイントは、私が行きつけのバーで知り合い一夜を共にした相手が、私の雇用主の政敵である野党議員の奥方であった点にある、というのは重々承知しております。何かしらの理由で自暴自棄になったと思われる奥方の暴露に身を晒された今は、己の軽率さと愚かさをひしと痛感するのみです。

しかし、私には彼女と自分との間に起こった事が、ここまで皆さんをお騒がせするほどの代物であったとは思えないのです。

或いは、私はセックスを過小評価しているのかもしれません。たかだかセックス、されどセックスとお考えの方もおられましょう。だからこそ世間は著名人の不倫でいちいち騒ぎ、血眼になって「やったか、やらないか」を追及するのでしょう。

しかし、私個人の嘘偽りのない実感から申しますと、私と彼女が致した一夜限りのセックスは、一夜限りのセックス以外の何物でもございませんでした。いえ、仮にそれが二夜であろうと三夜であろうと、性行為を核とした他者との関係性に、私は人がぎゃあぎゃあ言うほどの価値を見出せないのです。

逆に申しますと、「セックスをした」以上に価値のある他者との関係が、この世にはごまんとある。

例を挙げてみましょう。

・幼稚園児の頃、シーソーの上で結婚を誓いあった。
・小学生の頃、十年に一度しか咲かない花の開花を一緒に見届けた。
・中学生の頃、交換日記を二週間続けた。
・高校時代、七人で組んだバンドのメンバーが次々と抜けていき、最後は二人きりになっても解散しなかった。
・大学時代、互いに一発ずつ殴りあってから肩を抱きあって笑った。

・大人になってから映画「シン・ゴジラ」を一緒に五回も観に行った。
・駅のホームから落っこちたおばあさんを一緒に助けて表彰された。
・尊敬するアーティストが死んだ日、一緒に泣いた。
・マンションの玄関先にある花壇を、互いに誰なのかわからないまま共同で世話している。
・銭湯で初対面の相手と背中を流し合った。
・一杯のかけそばを分けあった。
・同じ日に同じ産婦人科で生まれた。
・ドミノの世界記録に一緒に挑戦した。
・日本一行列の長い和菓子屋に三時間半並んだとき、すぐ前に並んでいた。
・英会話教室で「キャサリン」「マイケル」と五年以上も呼び合い続けている。
・システムの不具合で成田上空を五時間近くもぐるぐる旋回しつづけた旅客機に同乗していた。
・船釣りの最中に船が転覆し、同じ人物に人工呼吸をされた。
・結婚から九年間、毎朝「おはよう」と言い合いつづけている。

これらはほんの数例にすぎません。挙げたら切りがないほどに、私にとってはまだまだ「セックス以上」な人との関係が無限にある。

これら味わい深い絆に比べ、性だけの繋がりがいかに脆く儚いものか。ただ挿れて出すだけじゃないか。そんなもんのために職も家族も社会的信頼も、すべてを失いかけている今の私には、鼻くそですら「セックス以上」の有形資産に思われるのです。

せめて大事なもののために大事なものを失いたかった。

最後に、人のプライベートをあることないこと書き立てるのは仕事だから仕方がないにせよ、私の名前を出す際、いちいち枕詞《まくらことば》に「三つ子のパパ」を付けるのだけは勘弁してほしい。三つ子は関係ない。

飯塚よしき衆議院議員秘書　安田真

# 33 家族旅行

たまには旅行でもどや。そう言いだしたのは父だった。温泉を望んだのは母だった。宿は娘が手配した。

有馬で最も客室数の多い大型ホテル。今風の洒落たホテルより、大浴場がしっかりと大きく、土産売り場が充実した古風なホテルを両親は好む。

父が運転する行きの車内には終始ほがらかな笑いがあった。

「半年ぶりかいな、旅行らしい旅行ちゅうんは」

「そや。去年の草津温泉以来や。珠恵も忙しゅうしとったさかい」

「ほんま、休日出勤多すぎやわ。家族水いらずの旅行もあと何回できるかわからへんのに」

「お、珠恵、嫁に行くつもりでおるねんな」

「もろてくれる人がおったらな」

「ワッハッハ」

娘の予想通り、ホテルに到着した両親はその外観の大きさに満足した。なんの変哲もない和室もかえって二人を安心させたようだった。座卓の和菓子をつまんでひと息ついたあと、さっそく三人は浴衣に着替えて最上階の大浴場をめざした。

男湯と女湯へ別れるとき、父は軽く手を挙げ、照れくさそうに背を向ける。男兄弟がいたら父も背中を流してもらえるのに、とその背をながめて娘は思った。直後、そういえば私は温泉に来るたびに同じことを思っている、と家族旅行の歴史に思いを馳せるのだった。

入浴後、父が大浴場前の廊下で牛乳を飲みながらマッサージチェアーにかかっているのも毎度の光景だった。両親は今回の旅に目新しい刺激を求めるよりも、慣れ親しんだ行程を忠実にたどることに喜びを見出しているようだ。となると……。

娘の心にふと影が差した。慣れ親しんだ行程をたどるなら、一家三人の旅はそろそろ不穏な要素を孕《はら》みはじめることになる。

案の定、そうなった。

「お父ちゃん、まだお造りに手を出さんといて」

「ビール、ちょっとそっちによけてんか」

夕食中、部屋に運ばれてくる品々をインスタグラムにあげるため写真撮影に余念のなかった娘に、まずは父が堪忍袋の緒を切らした。

「ええかげんにせんか、落ちつかん！　せっかくご馳走をいただいとるんやさかい、食事中は食事に集中せい。温かいもんは温かいうちにいただくのが礼儀や。だいたい、宿の料理を人に見せびらかしてどないするねん」

ぶつぶつ小言をくりかえす父に、次第に娘のへそも曲がった。

「見せびらかしとるんちゃう、楽しみを共有しとるんや」

「目だけで共有して何がおもろいか」

波乱ぶくみの食事が済んだところで、母がささくれた空気から逃げだすように「もう一遍、お風呂に入っとこ」と腰をあげ、二人きりにされたらたまらぬとばかりに父と娘もそれに続いた。第二の魔物は大浴場へ向かう途中の土産売り場にひそんでいた。

「ちょいと寄っていかへん？」

土産物に目のない母の「ちょいと」がちょいとで済んだためしはない。温泉まんじゅう。漬け物。ふりかけ。化粧水。知恵の輪。ご当地カレー。節操なしに母があれもこれもと手をのばすのを見かね、ついに娘が止めに入った。

「お母ちゃん、そないに買うてもしゃあないわ。どうせ食べへんで腐らせるだけちゃうの。ふりかけ最後まで使うたことある？　この化粧水、お風呂にあったんと同じのやろけど、温泉入ったあとで使うから肌がつるつるになるんやで。知恵の輪、解いたことないやん。土産買いに来たわけやないねんで。やめとき、やめとき」

娘の指摘がいちいち当たっているだけに、母にはよけいカチンとくる。カチン。カチン。カチン。ついにはガチャンと破裂した。

「もう放っといてんか！　うちが稼いだお金、何に使おうとうちの勝手や。うちは土産を買いに来たんや。温泉は残らんでも土産は残る。知恵の輪くらいうちかて解いたことあるわ。何遍だって解いたるわ！」

二度目の入浴を終えたころには三人の会話はめっきり減っていた。テレビのクイズ番組をながめながらビールをあおる父の横で、母はカチャカチャとムキになって知恵の輪と格闘し、娘は数分おきにインスタグラムのコメント欄をチェックしては肩を落としている。

父と娘、母と娘のあいだに亀裂を残したまま一家は静かに就寝した。

「おい、はよ起きろ。いつまで寝とるねん。朝メシ行くで」

翌朝六時、父の急いた声が母と娘を夢の世界から引きずりだした。

「なんやの、まだ六時やん」

「骨休めに来とるんや。ゆっくり寝かしてんか」

母娘そろって抗議するも、骨の髄までせっかちな父は耳を貸そうとしない。

「そないのんきなこと言うとる場合やあらへん。連休の最終日やねんで。はよ朝メシ食うて、はよ帰らんと、渋滞に捕まるやろ。十キロ、二十キロの渋滞に捕まったら、それこそ疲れに来たようなもんや。たまらん、たまらん。さっさと支度せい！」

朝食中も父は「はよ食べ」「はよ飲め」「はよ流しこめ」を連発し、母と娘をげんなりさせた。

「かなわんわ。もう二度と父ちゃんとは旅行せえへん」

「朝風呂も入れんのんか。うち、なんでこないな人と結婚したんやろ」

ここに来て一家は完全なる戦闘状態に突入した。

帰路の空気は推して知るべしである。

「ああ、やっぱり我が家が一番」

「もう家族旅行はこりごりや」

「正真正銘、最後の旅行になったな」

自宅の扉を開けるなり三方へ散った一家は、しかし、夜になると再び居間で座卓を囲んでいた。

テレビの旅番組をながめながら父がつぶやいた。

「つぎは湯布院もええなあ」

# 34　こっちの身

気になっていた近所の寿司屋へ、その日、紀隆《のりたか》は初めて足を運んだ。

店構えは悪くない。外壁は渋い砂色の漆喰で、白木の引き戸には程よく風にさらされた藍染めの暖簾《のれん》がたれている。磨りガラスから洩れてくるのは暖色系の灯り。寿司屋に入るぞ、という気負いを客に与えない柔らかな佇まいだ。

にもかかわらず、引き戸の先に開けた店内に、客の影はカウンターにいる一人きりだった。

「らっしゃい！　お一人さまですか。どうぞカウンターへ」

カウンターの奥から会釈する大将の愛想も悪くない。

紀隆はカウンターの右から三番目に腰かけ、女性従業員に瓶ビールを注文してからメニューを手に取った。スミイカ二百円。ヒラメ三百円。中トロ四百円。明瞭な値段の表記にまずはほっとした。回らない寿司屋にしては価格もまあまあ悪くないし、一貫単位で注文できるのもありがたい。

まず手始めに頼んだアジのなめろうとタコの磯辺揚げも上々の出来だった。なめろうにはミョウガがふんだんに使われ、そのシャリシャリ感と叩いた魚の粘りが絶妙な食感を生んでいる。からりと揚がった磯辺揚げは香り豊かで、熱々のタコからは噛むほどにジューシーな海の滋味がほとばしる。

店構えよし。店主よし。価格設定よし。味よし。

近所のサウナで「この辺りに安くて旨い寿司屋はありませんかね」と尋ねた紀隆に、常連の三人がそろってこの店の名を告げたのもうなずけた。

しかしながら、「よく行かれるんですか」と重ねて尋ねると、三人はまたもそろって首を斜めに傾けたのだった。

「うーん。あんまりねえ」

「最近は行ってないねえ」

「どうかなあ」

あの微妙な反応と、夕飯どきにもかかわらずこの店ががらんとしている現状は無関係ではなさそうだ。

この悪くない店のいったい何が悪いのか。紀隆がうっすらそれを察知しはじめたのは、握りの注文に移ってからだった。

まずはコハダとスミイカ。「はいよっ」といい手つきで軽快に二貫を握った大将は、寿司下駄にそれをのせたあと、丁重に腰を折りまげた。

「お客さん、ぜひコハダは塩で、スミイカは塩レモンで召しあがってください。そのほうが旨みが引きたちます。お願いします」

自分のこだわりを客に押しつける店主は苦手ながらも、こうも頭を下げられると無下に断れない。紀隆は大将が施した塩加減のまま二貫を口へ運んだ。旨かった。いやな予感のする旨さだった。

案の定、大将はその後も一貫ごとに「これは塩で」「これはタレで」と細かい指示をした。

「これは醬油でいけますけど、ちょちょっと、ほんの一、二滴でお願いします。魚の味が死んでしまうんで、どうぞつけすぎないで……あーっ、もうそのへんで、そのへんで、ストップ！」

「あ、イクラは何もつけないでください。もともと醤油に漬けこんでますから、それ以上かけるとイクラの醤油漬けじゃなくて醤油のイクラ漬けになっちゃいます」

紀隆と同年代とおぼしき四十半ばの大将は、とりわけ醤油に対して思うところがあるらしく、紀隆がべっとりつけすぎないように終始目を光らせている。それが高圧的な態度であれば紀隆もぷいと席を立つまでだが、あくまで腰は低く、最良の形で寿司を食ってほしいという善意にあふれているのがまた厄介だ。

「塩はね、お客さん、もともと海のものなんです。醤油の大豆は土のもの。本来、魚と醤油は畑違いなわけですよ」

ついにはわけのわからぬ持論までもちだされ、結局、紀隆は魚を食ったという満足感よりも、醤油をつけそこなった物足りなさを抱えて帰路につくことになったのだった。

紀隆が二十や三十の若さであったなら、おそらく二度とその店の暖簾はくぐらなかったにちがいない。が、彼もさまざまな紆余曲折を経て四十六になり、ただ縁を絶つより多少なりとも生産的な人間関係を模索する余裕を得るに至っていた。

そこで、紀隆はその後も月二の頻度でその寿司屋へ通い、大将の醤油嫌いに根気強く耐え、半年後には店の外で飲むほどの間柄にまでこぎつけた。意外にも大将はお好み焼きが好物と聞いた翌週、彼を行きつけの一軒へ誘ったのだった。

好みの具材を注文し、自ら生地に混ぜて焼きあげるセルフ制の店。いつも寿司を握ってくれる大将のため、紀隆は心をこめてエビ、タコ、豚の分厚いミックス玉をふっくら焼きあげた。最後にソースをかけ、青のりとかつおぶしをぱらりと散らす。

「はい、出来上がり」

「え、マヨネーズは？」

にわかに瞳の落ちつきを失った大将に、紀隆は深々と頭を下げて言った。

「お願いします。どうかここはソースだけで」

# 35　医療現場の溝

現代医学は日進月歩。人は口をそろえてそう言うけれど、ならばなぜ、多くの人が待ちこがれている改良がいまだ為されていないのか。依子《よりこ》は心底ふしぎに思う。この二十年間、年に一度の人間ドックで胃のX線検査に臨むたび「今年こそ」と淡い期待を胸に抱き、その都度、玉砕させられてきた。

医学がどれだけ進歩しようとも、バリウムの味は変わらない。量こそ多少は減ったものの、液状のコンクリートでも飲みくだしているかのような、あのなんとも耐えがたくのっぺりした喉ごしは昔のままだ。依子はそこに医学の限界、もしくは医学者の限界を見る思いがする。

まかりまちがってもノーベル賞にはつながらないバリウムの味に肝胆《かんたん》を砕くより、

より崇高な課題を研究テーマとして掲げたい。そんな医学者の心情もわからないではない。しかし、と依子は思うのだ。もしもバリウムが万人に愛される味であるならば、人々はより気安くX線検査室の鉄扉をくぐるのではないか。それは結果的に、生死を分ける病の早期発見率アップにつながるのではないか。

今年こそその真価に気づいた研究者の労が報われ、バリウムの味に一大革命がもたらされていますように。裏切られても、裏切られても、依子は一縷の望みを託さずにはいられない。

検査室へ入った依子に医師がこう告げる。

「今年は、ぐんとおいしくなりましたよ」

あるいは、こんなふうに。

「今年から、あっさり、こってり、ふつう、のオプションがつきました」

想像するだに依子の胸は躍る。

しかし、そんなことは起こらない。今年もまたあの鉄扉の向こうでは去年と寸分たがわぬ試練が待ちうけているはずだ。過度の期待を封じこめながら検査の順番を待っているうちに、依子はあることに気がついた。

検査室の扉に注意書きの貼り紙がある。

〈バリウム検査を受診される方へ〉

去年もこんなのあったっけ？　依子はにわかに上体を乗りだした。

〈①バリウムは少量ずつ口に含んでください。
②バリウムはゆっくりと少しずつ飲んでください。〉
記されていたのはこの二点のみだった。二箇条に分けるほどでもない①と②を、その真意を探るように何度も読むにつれ、絶望一色だった依子の心中にはほのかな希望が差してきた。

そう、研究の遅れに焦《じ》れていたのは患者だけではなかった。患者の苦しみに寄りそう病院スタッフたちも変革を求める心は同じ。故に、この病院ではバリウムの味が変わらないならばせめて飲み方を変えようという試みが始まったのではないか。

バリウムはまずい。どう転んだってまずい。けれど、ちびちび飲むことで、その味はいくらかマシになる。いや、あえて①と②に分け、重ねて念を押しているのを見るに、だいぶマシになるのかもしれない。

ちびちび行こう。依子はこっくりうなずいた。

思えば、これまでの二十年間、自分はあまりに事を急き、バリウムを一気に飲みすぎていたのかもしれない。今、求められているのは「濃く短く」から「薄く長く」への転換だ。となると、ここで倣《なら》うべくは茶道の心得だろう。ゆったりと、丁寧に、たおやかに。そう、バリウムとは「かっこむ」「流しこむ」ものではなく、「押し戴く」ものなのだ。

長い待ち時間の末にようやく番号を呼ばれた依子は、茶室へ足を踏みいれるがごとく静々と鉄扉をくぐり、あのいやな「シュワッ」の薬を喉に送りこんだあと、X線検査装置に身をゆだねた。否、私が身をゆだねているのは悠久なる時の流れ——バリウムの紙コップを片手に自己暗示をかけつつ、雅なる古都へと思いを馳せる。

ところが、ちびり、ちびりと優雅に喉をうるおしはじめた依子に、小窓を隔てた管理室から担当医の声がかかった。

「はい、ぐぐっと、一気に行きましょう」

明らかに声が急いている。

依子は小首を傾げた。彼はあの貼り紙を知らないのか。知らないふりをしてさっさと受診者をさばき、一刻も早く昼休みに入りたいのか。

病院スタッフと担当医。そこに断絶を垣間見た依子は、どちらを信じればいいのか迷ったあげく、信じたいほうを信じることにした。

ここは森羅万象の小宇宙。そう心で唱えつつ、ちびり、ちびりとバリウムを押し戴く。

「はい、ぐぐーっと、飲んじゃってくださいね」

野暮なる声は雅の怨敵。一杯の茶を戴くは、おもてなしの心を戴くことなり。

「どうしました？　ささ、ぐっと、ぐっと！」

一杯のバリウムも一期一会の出会い。軽んずるは茶の道に非ず。利休の心に非《あら》ず。

「はい、はい、はい、ぐぐーっ、ぐぐーっ」

ちびり、ちびり、ちびり——。

# 36　庇護者かく語りき

　Oと知りあったのは、私がとある国の領事館に勤めていたころのことです。

　どこの国にも必ず日本のビジネスマンはいて、そこには日本社会の縮図があります。食事会だのお茶会だのと家族ぐるみで日本人同士が交流し、不慣れな異国暮らしの愚痴をこぼしあったり、噂話に興じたりするのも日常茶飯事です。

　いつしかそのような会の常連となっていたOは、米国の通信社と契約しているジャーナリストを名乗っていましたが、その物腰からは売文よりも人脈で生きている男の匂いがぷんぷん漂っていました。二言目には現地大手企業の社長や政治家の名を挙げ、ツーショット写真をなにげなく披露し、奥方の誕生会に呼ばれた話などを上手に差しこむ輩。その場の会話に少しでも「意味のある名前」がのぼれば、すぐさま紹介してほしいと割って入るたぐいの人種です。その実態は産業スパイだのダブルスパイだのと様々な憶測が飛び交っていましたが、本当のところはわかりません。

かくも怪しげな風体でありながらも、Oにはどこか独特の人懐こさがあり、とりわけ奥方たちからは人気がありました。最初は警戒している女性たちも、共にテーブルをかこんで小一時間もすれば、不思議と打ちとけてくるのです。会がお開きになるころには、全員がOを「悪い人ではない」と評するようになっています。

小柄でずんぐりとした五十男。中途半端に伸ばした髪に、黒々とした口髭。外見で得をするでもない男が、なぜこれほど見事に奥方たちへ取り入り、ミニ日本人社会の情報網を掌握するに至ったのでしょう。

若干の好奇心をもって観察した結果、その鍵は彼の話術にあると私は気づきました。皮切りのスピーチ、とでも申しましょうか。テーブルをかこむ者同士の表情がまだ固く、会話の糸口を求めてそわそわしている会の序盤に、さりげなく口火を切ってその場を持たせるのがOは得意でした。出しゃばりすぎず、口元に感じのいい含羞《がんしゅう》をたたえながら、低く落ちついた声色で皆の注意を引きつけるのです。

たとえば、こんなふうに。

「この国の野花はじつにかわいらしい。そうは思いませんか。私の家の玄関先には、もうね、こんなちっちゃな、花びらなんか三ミリにも満たないくらいちっちゃなやつが群生しているんですけど、そいつがいかにも一生懸命咲いてますって感じで、本当にけなげでかわいいんですよ。うちのヘルパーさんなんかは、こんな雑草ぬいちまえ、なんて言うんだけど、待って、待って、それは勘弁してって、毎日必死で守ってるんです。アハハ」

別の会ではこんな話を耳にしたこともあります。

「最近ね、私のオフィスが入ってるビルの管理人さんのところに赤ちゃんができたんですよ。で、なぜだかその旦那、毎日、管理人室で赤ちゃんの世話をしてるんだ。いやいや、うるさいだなんて、とんでもない。もうかわいくてかわいくて、私、用もないのに毎日、管理人室に入りびたってます。掌《てのひら》なんて、もうこんな、楓みたいにちっちゃくてねえ。こんな手をして一生懸命生きてるんだなって、なんだかじーんとしちゃって……ハハ。最近は、管理人の奥さんから日本のパパって呼ばれてるんです。え、日本のボーイフレンド？　いや、呼ばれてみたいもんだなあ、アハハ」

基本は軽いスモールトークですが、時にはその場を湿らせることもありました。

「今日はね、私、ちょっとダウンしてるんです。いや、ここへ来るあいだに脚を引きずっている子犬を見ちまって……私ね、そういうのに弱いんです。以前、未熟児で生まれた犬を譲りうけたことがありましてね、やっぱり脚が悪かったり、体が小さかったり、いろいろ障害はあったんですけど、でも、その犬は精一杯に生きてくれました。もちろん私も最後まで全力で守りましたけどね。もしもあいつが強くてデカい犬だったら、あそこまで愛せなかったかもしれないなあ。今日のあの犬も引きとってやりたいのは山々だけど、いかんせん外国暮らしの身としてはねえ……」

そう、奥方たちに囲まれたOの話には、決まって小さきもの、かよわきものが登場します。Oは常にその庇護者なのです。弱者を愛おしみ、守る存在。

それに気づいて以来、私はOと同じテーブルに着くのを避けるようになりました。

「ね、あの男性はどのようなお方？」

奥方たちから聞かれた際にはこう答えています。

「いやな奴ですよ」

## 37 傘をさす男

その男には外出時の必須アイテムがある。

やや大きめのコウモリ傘。たとえ雨が降っていなくても、どれほど空が青くても、降水確率0パーセントの朝でさえ、男は必ずそれを携えて家を出る。

傘のない道行き。男にとってそれはあまりに無防備すぎる露出を意味していた。服を着ず、靴を履かずに家を出るも同然。なぜ世の人々はかくも無邪気に己をさらけだせるのか。

世の人々は人々で、そんな男を極度に用心深いと嗤《わら》う。

たいした身なりもしていないくせに、それほど雨にぬれたくないのかと嗤う。

虚弱体質かと嗤う。

中年男の分際で日焼けを気にしているのかと嗤う。頭頂部の薄毛を傘で隠そうとする姑息《こそく》なジジイだと嗤う。嗤いたければ嗤えばいい。いかなる邪推を浴びようと、男は他者の視線など一顧だにしない。好奇、侮蔑、排他――そこにいかなる悪感情がうずまいていようとも、結局のところ、それはしょせん人間の目にすぎないのだから。

人間の目。そんなものは恐るるに足らぬと男は思う。人間は見る。嗤う。そして、忘れる。留めない。しょせんその場かぎりの知覚などは警戒に値しない。

恐るるべきは真の敵。その追跡を逃れるため、男は道々、必要に応じて傘を開く。自ら緻密に測り、地図に記し、頭に焼きつけたそのポイントを見誤ることなく。

朝の通勤路の場合、まず最初の関門は家から徒歩二分のマンションだ。玄関先に掲げられた看板の二歩半手前で男は歩調をゆるめ、いざやと手にした傘を広げる。ワンタッチ式に馴染めない彼は手動式の傘しか用いない。

ただ漫然と開けばいいわけではない。重要なのは角度だ。どの方向にどれだけ倒せばその黒幕で完全に己を消すことができるのか。捕らえられ、留められることから逃れられるのか。熟慮の末に定めた角度を守り、慎重に慎重を期して男は傘を傾ける。息をつめ、掌に汗をにじませて。

時として男は傘本来の役割をふりかえったりもする。ただ単純に雨だけを避けていればよかった少年時代。遠い雨音を懐かしむほどに、ぽつぽつと、滴のような郷愁がその胸を浸していく。

第二の関門は、表通りへ続く上り坂に面したコインパーキングだ。目安のポールへ到達後、一旦は閉ざした傘を男は再び開く。坂の途中なので少々息が切れている。傍目には一休みをしている中年男に見えるかもしれない。

しかし、なぜわざわざ傘を広げて？　こんな晴天の下で？

そんな目をした人々が男の脇をかすめていく。男の黒傘を、まるで禍々しい影のように横目でながめながら。

車の行き交う表通りへ出ると、いよいよ人の目が増える。足早に駅をめざす会社員。子供連れの母親。学生の集団。地を踏む人々の足が一定数をこえると、傘の開閉をくりかえす男はもはやただの奇人ではすまされない。ややもすれば通行人に対する妨害やいやがらせとも取られかねず、男にはまた別種の慎重さが求められる。

人の行く手をさえぎらないように、そろりと、遠慮がちに傘を開く。無論、一寸の狂いもない角度で。表通りの至るところに配されたポイントを通過するたび、男は粛然とそれをくりかえす。

雑居ビルの前で、そろり。

数歩行ったコンビニの前で、そろり。

また数歩行った不動産屋の店先で、そろり。

卑屈なまでに腰をかがめて傘を開閉する男に、行き交う人々はそろって白い目をむける。時として罵声も飛んでくる。

「邪魔だ」

「何やってんだ」

「雨でもないのに」

苛立ちを露わに地を蹴りつける彼らが、男の目にはみな裸んぼうに見える。恐れを知らない無邪気で無防備な人々。至るところからその影を捕らえ、留めようとしているあの「目」を意識するたび、彼らに代わって男はぞっと全身を粟立たせる。

自分は捕まらない。留めさせやしない。

落ちつきを失った男のコウモリ傘がくるくると回りだす。
見えない包囲網をふりきるように、くるくる、くるくると回りつづける。

# 38

# 電球を替えるのはあなた

トイレの電球が切れて二週間になる。

妻に動きはない。夫も動かない。二人住まいの家には「動いたほうが負け」という空気が日々濃厚に垂れこめていく。

たがいに口にも出さない。この件で会話がもたれたのは二週間前、まさしくトイレの電球がシュッとその生涯を閉じた直後だけだった。

「新しいのをつけなきゃな」

と、夫は言った。

「そうね。つけなきゃね」

と、妻も言った。そのあとでこう付け加えた。

「前回は私が取り替えたわよ」

夫は微妙な角度で首を揺らした。

「そうかもしれない。だが、前回トイレの電球が切れたあと、たしか階段の電球も切れたし、風呂場の電球も切れた。どっちとも取り替えたのは俺だ」

妻は視線を宙へ踊らせ、思い出そうとするふりをした。しかし、例によって不都合な記憶がよみがえることはない。

さあ、どうなのかしら。階段の電球も切れたのかしら。お風呂場の電球も切れたのかしら。たとえそうだとしても、いったいそれがなんなのかしら。

そんな目をして妻は言った。

「協力しあうのは当然よね。共働きなんだから」

出た、と夫は心でうなった。共働きなんだから。何かにつけて妻はそれを口にする。

「今週は残業が続きそうだから、料理は期待しないでね。共働きなんだから」

「テレビのチャンネルを勝手に変えないで。共働きなんだから」

「アスパラガスの先っぽの柔らかいところばっかり食べないでよ。共働きなんだから」

たしかに妻は働いている。しかし、夫も働いている。共働きなのだから、アスパラガスの先っぽの柔らかいところを食べる権利は同等なのではないか――。

夫は常に心で叫んでいる。が、ひとたびそれを口に出したが最後、どんな意趣返しを見舞われるかわからないので黙っている。

「ま、これからも協力しあってやっていきましょう」

とかなんとかお茶を濁して収拾をはかる一方、夫は胸の内で断固たる決意をかためた。

俺は今回の電球マターに一切タッチしない。共働きの意味を妻が正確に捉えているのなら、今回は妻の番だ。

夫は妻に時間を与えた。妻が己の思い違いを反省し、粛々と電球を取り替えるに及ぶのを待った。が、その兆候は一向にあらわれなかった。

朝はいい。ほんの申しわけ程度に設けられた小窓からの陽射しに救われる。夫が難儀するのは夜だった。一切の光を通さない密室で、暗がりにひそんだ便器に目をこらし、方向や角度を誤ることなく放尿する。近眼の人間にとってそれがどれほど心許ない行為であるか妻は想像だにしないのだろう。

心も荒《すさ》む。トイレのドアを開けるたび、バケツの水をかぶるがごとく、暗闇を頭からぶっかけられる気がする。

夫は日に日にトイレに行くのが億劫になり、できるかぎり排尿をこらえるようになった。水分を控えるため、夕食時の晩酌も抑え気味になった。なぜ自分はこんな苦労を負っているのか。なぜ妻は平然としているのか。以前と変わらずごくごくと茶を飲み、躊躇なくトイレに立つ妻の胸中を夫は読みあぐねた。どうすればこれほど暗闇に無頓着でいられるのか。

その謎に迫るべく、夫はある夜、テレビを観ていた妻がのっそり腰をあげ、玄関に続く廊下の一角にあるトイレへ向かうのを尾行した。結果、驚くべき光景を目の当りにしたのだった。

なんと、妻がトイレに入るや否や、闇に覆われていたそこに仄かな明かりが灯ったではないか。

どうしたことか。妻が後ろ手に閉ざそうとしていたドアのノブをつかみ、夫は中を覗き見た。

そこにいたのは片手に懐中電灯を握った妻だった。

「……卑怯者」

思わず喘《あえ》いだ夫の顔を懐中電灯が照らしだす。薄闇にまぎれた妻の表情に動じた様子はなかった。むしろ挑むようなふてぶてしさを唇にたたえ、ライトの的を夫から壁へ移していく。

光の輪が照らしだしたのは残りわずかのトイレットペーパーである。

「問題は、あと二、三日でトイレットペーパーが切れるってことよ」

「なに？」

「電球が切れるのとトイレットペーパーが切れるのと、どちらの頻度が高いのか。そしてそのトイレットペーパーをこれまで誰が絶えず補充しつづけてきたのか、よくよく考えてみることね」

あなたがこの問題を吟味して反省しないかぎり、我が家のトイレは光のみならずトイレットペーパーをも失うことになる。

そう夫に突きつけた妻の声は勝者のそれだった。

# 39
# 島田祐一

人間の先入観には抗いがたいものがある。だから、抗わない。時としてその選択もアリだと俺はつねづね思っている。

その日も、得意先の会社で新担当の中野《なかの》美咲《みさき》さんと名刺交換をした際、俺は一応、

「初めまして、シマタユウイチです」

と、シマタのタにアクセントを置いて発声してはみたものの、その効果をさほど期待はしていなかった。

案の定、会議ブースで打ち合わせを開始するなり、中野さんは早速こう言った。

「それで、まずはこのデータに関するシマダさんのご見解をうかがいたいのですが……」

島田祐一。俺の名刺を見た瞬間、中野さんの脳は当然のごとくこれを「シマダユウイチ」と音にした。よくあることだ。幼いころから何千回何万回とくりかえされてきたことだ。

「ええ、シマダさんのご懸念はわかります」

「シマダさんにご指摘いただいたこの年齢層の偏りですが……」

「たしかにシマダさんの仰るとおりですね」

中野さんがさわやかな笑顔でいかに「シマダ」をくりかえそうと、俺は微塵も動ずることなく、負けじと気立てのよさそうなスマイルを浮かべつづけた。今このとき、俺はこの人のためにシマダになる。そんな気概を胸の奥に秘めて。

昔は違った。少年時代、学校で先生やクラスメイトから「シマダ」と呼びちがえられるたび、俺はいちいち訂正せずにいられなかった。とりわけ先生の誤読は罪が重い気がして、むきになって怒ってみたりもした。濁点のない「タ」を自分のアイデンティティのごとく固守し、何者にも脅かされてなるものかと身構えていたのだ。俺はただのシマダではなくレアなシマタだぞ。そんな奢《おご》りもあった。

ま、いっか、とガードをゆるめたのは高校に上がったあたりからだろうか。

単純に、面倒くさくなった。バイトや趣味の音楽を通じて知り合う人間の数が増えるほど、読みちがいをされる回数も増えていく。「島田＝シマダ」という世間の先入観は根強く、これに抗いつづけていたら、「シマタです」と言い直すだけで人生が終わってしまいそうな気がしてきた。自らのミスに気づいた相手の気まずそうな顔ももう見たくなかった。

シマタでもシマダでも、俺は俺だ。名前などしょせんは記号にすぎない。そんなものに固執するよりも、シマタにもシマダにも順応できる柔軟性をもっておおらかに生きたい。人々がおっかぶせてくる濁点などものともしない強靭な中身を培って。

「ああ、やっぱりシマダさんにお願いしてよかったです」

「今後もシマダさんを頼りにしていますので……」

「あら、シマダさんって意外と冗談もお好きなんですね。ふふふ」

今、こうして中野さんと居心地のいい時間を過ごすにつけ、「タ」へのこだわりを捨てた方針転換はまちがっていなかったと俺は改めて思う。肝心なのは俺がシマタであることではなく、大きな括《くく》りとしての島田祐一であることだ。小さいことは気にしない、気にしない。

問題は、時としてこの鷹揚な構えが裏目に出ることだった。

「失礼します」

聞き慣れた声とともにブースの戸が開いた瞬間、いやな予感がした。

「あ、よかった、まだいた。ご無沙汰です」

現れたのは前月の部署異動によって俺の担当を外れた宮下《みやした》さんだった。

「一言ご挨拶できればと。いや、ほんと、急な担当交代でシマタさんには申し訳なかったです」

宮下さんが「シマタ」と正しく発音した瞬間、中野さんがはたと瞳を強ばらせるのがわかった。

「ま、でも、中野は出来る奴ですから、きっと今後もシマタさんと良いタッグを組んでもらえると思います。ところでシマタさん、さっき佐々木もシマタさんに相談があるって言ってたんですけど、シマタさんのご都合さえよければ、ちょっとこのあとお時間を……」

宮下さんが「シマタ」を乱発するほどに、黙して動かない中野さんの表情はみるみる曇っていく。それは俺がこれまでもこんなシチュエーションでよく目にしてきた変化だった。

まずい、これまで名前を読みちがえていた。最初、人々の顔に表れるのはそんな恥じらいやバツの悪さだ。が、次第にそこには疑念の色が差していく。なぜこの人は今までそれを教えてくれなかったのか?

シマダに成りすましていた俺への不信感。ひとたび芽生えたそれはむくむくと膨らみ、彼ら彼女らを疑心暗鬼にしていく。名前を読みちがえていた決まりの悪さが、俺への恨みに転化していくのが手に取るようにわかる。シマダと呼びつづけていた自分をこの人はいったいどう思っていたのか。声に出さない問いが聞こえてくる。気立てのよさそうなスマイルを浮かべながら、心の中では嘲笑っていたのか。この人にとって自分は正しい読みを教えるに値しない人間ということか。

「違うんです」

完全に目が据わっている中野さんへ向け、俺は声ならぬ声をあげた。

違う。あなたを侮辱したつもりはさらさらない。毎度、心で叫ぶ。この種の誤解をとく方法を誰か教えてくれ、と。

# 40　噂の真相

×月×月
妙な話を聞いた。

今日、夫が会社から帰ってくるなり、狐につままれたような顔をして「あのさあ」と切り出したのだ。

「なんか、俺たちが離婚したって噂が流れてるみたいなんだよね」

へ、と私は耳を疑った。

「なにそれ」

「わかんないけど、そういう噂を聞いたって人がいて」

「ふうん。なんだろうね」

何が何だかわからない。そこはかとない不気味さを覚えながらも、とりあえずお酒を飲んで忘れることにした。

×月×日

噂の出所がわかった。

今日、母から電話があったのだ。「あなた、離婚したのっ⁉」と、すごい剣幕で。

誰から聞いたのかと尋ねると、インターネットでそのような情報を目にしたのだという。

ネットだったのか！

ネット情報を鵜呑みにしてはいけないと母に言いきかせてから、私は恐るおそる噂の発信源を探ることにした。だいぶ昔にエゴサーチをやめて以来、ついぞ打ちこむことのなかった森絵都《もりえと》の名を検索エンジンに打ちこむ。と、その横に「離婚」の文字がぬうっと現れた。出た……。

ぞわぞわしながら検索結果の上の方にあるサイトを適当に開く。

ビンゴ。離婚情報の源をあっけなく突きとめた私は愕然とした。

──もっとおかしいのは、結婚指輪がないのに気がついてから四ヶ月後に、私、夫と離婚したんです。

──はい、つい最近ですから、まだあんまり公言してないんですけどね。

そこには、私が一人称で綴った掌編小説（本書162頁の「あら、いつのまに？」です）の一部が、さも私自身が取材に応じて語っているかのように紹介されていた。「作家の森絵都さんが離婚したそうです」というおっちょこちょいな見だしとともに。

やれやれ、と私は脱力した。小説と実生活を混同されることはよくあるけれど、これは初めてのパターンだ。この掌編の初出は出版社のウェブサイトだったため、よけいにまぎらわしかったのかもしれない。

が、まあ、噂の正体がわかったのはよかった。それほど多くの人が私の私生活に興味を持っているとも思えないし、人の噂も七十五日、じきに忘れ去られることだろう。

×月×日

甘かった。人は噂を忘れても、ネットに刻まれた誤情報は延々そこに留まりつづけるのである。

今日、某雑誌の取材を受けるために指定のカフェへ赴くと、先に着席していた編集者Gさんとライターさんがプライベートの話で盛りあがっていた。

「もう、うちの夫なんて相変わらずで、休みのたびに秋葉原、どんだけ電化製品が好きなんだか」

「うちの手裏剣フェチに比べたら全然マシですって。どんどん手裏剣が増えていくんですよ、手裏剣が。なんで私、元忍者志望だった男となんか結婚しちゃったのか……」

なんとも香ばしい話題で沸いていた二人は、しかし、私の存在に気づくなり、ハッと顔色を変えて口を閉ざした。まるで、してはならない話でもしていたかのように。

「ご主人、元忍者志望だったんですか」

私が水を向けても、「いえいえ、もう……」などともごもご口を濁されてしまう。

考えすぎかもしれない。が、もしかしたら彼女たちは例の噂を知っていて、「離婚して間もない森さんの前で伴侶の話などしてはならぬ」と気を遣っているのではないか。というか、私がこれまで気づかなかっただけで、じつはいろいろな人からこんなふうに気を遣われていたのではないか。

なんとも胸がモヤモヤする。

本当に親しい人たちは私が離婚していないのを知っている。ネット情報に引っかかるのは、最近あまり会っていない人たちだ。事の真相を聞くに聞けず、相手も相手でモヤモヤしているのかもしれない。

それでもやはり思う。人の噂は放っておくしかないと。

それが噂であるかぎり、いつかは事実が生き残る。

×月×日

しかし、敵もさるもの。

今日、十五年以上も連絡が途絶えていた編集者のTさんから封書が届いた。

Tさんは、私が不感症の女性を主人公にした小説を上梓した直後、「もしもお悩みでしたら、その種の治療で定評のあるクリニックの女医さんをご紹介します」とメールをくれた方だったので、ちょっと悪い予感がした。

案の定、封を開けると一冊の啓蒙本が現れた。『スマイル・アゲイン——離婚後の人生を輝かせるための六つの法則』

本に挟まれていた一筆書きには、「最近、手がけた一冊です。お役に立ちますように」とのメッセージがあった。

いつまでこんな脱力体験が続くのか怖くなる。

×月×日

最近俳句にはまっていて、なんでもかんでも五七五にせずにいられないらしい知人からハガキが届いた。書かれていたのは一句のみ。

〈バツイチは出発地点だよういドン〉

季語ないじゃん、と私は心で突っこんだ。

励ましの意趣はありがたい。が、しかし返句をするかと問われれば、それはできない相談である。

本書は二〇一九年に筑摩書房より単行本として刊行された作品に
「島田祐二」「噂の真相」を書き下ろし、文庫化したものです。

思考の整理学　外山滋比古

アイディアを軽やかに離陸させ、思考をのびのびと飛行させる方法を、広い視野とシャープな論理で知られる著者が、明快に提示する。

質問力　齋藤孝

コミュニケーション上達の秘訣は質問力にあり！　これさえ磨けば、初対面の人からも深い話が引き出せる。話題の本の、待望の文庫化。（斎藤兆史）

整体入門　野口晴哉

日本の東洋医学を代表する著者による初心者向け野口整体のポイント。体の偏りを正す基本の「活元運動」から目的別の運動まで。（伊藤桂一）

命売ります　三島由紀夫

自殺に失敗し、「命売ります。お好きな目的にお使い下さい」という突飛な広告を出した男のもとに、現われたのは？（種村季弘）

こちらあみ子　今村夏子

あみ子の純粋な行動が周囲の人々を否応なく変えていく。第26回太宰治賞、第24回三島由紀夫賞受賞作。書き下ろし「チズさん」収録。（町田康／穂村弘）

ベルリンは晴れているか　深緑野分

終戦直後のベルリンで恩人の不審死を知ったアウグステは彼の甥に訃報を届けに陽気な泥棒と旅立つ。歴史ミステリの傑作が遂に文庫化！（酒寄進一）

向田邦子ベスト・エッセイ　向田邦子　向田和子編

いまも人々に読み継がれている向田邦子。その随筆の中から、家族、食、生き物、こだわりの品、旅、仕事、私……、といったテーマで選ぶ。（角田光代）

倚りかからず　茨木のり子

もはや／いかなる権威にも倚りかかりたくはない……話題の単行本に3篇の詩を加え、高瀬省三氏の絵を添えて贈る決定版詩集。（山根基世）

るきさん　高野文子

のんびりしていてマイペース、だけどどっかヘンテコな、るきさんの日常生活って？　独特な色使いが光るオールカラー。ポケットに一冊どうぞ。

劇画　ヒットラー　水木しげる

ドイツ民衆を熱狂させた独裁者アドルフ・ヒットラーとはどんな人間だったのか。ヒットラー誕生からその死まで、骨太な筆致で描く伝記漫画。

ねにもつタイプ　岸本佐知子

何となく気になることにこだわる、ねにもつ。思索、奇想、妄想はばたく脳内ワールドをリズミカルな名短文でつづる。第23回講談社エッセイ賞受賞。

TOKYO STYLE　都築響一

小さい部屋が、わが宇宙。ごちゃごちゃと、しかし快適に暮らす、僕らの本当のトウキョウ・スタイルはこんなものだ！　話題の写真集文庫化！

自分の仕事をつくる　西村佳哲

仕事をすることは会社に勤めること、ではない。仕事を「自分の仕事」にできた人たちに学ぶ、働き方のデザインの仕方とは。（稲本喜則）

世界がわかる宗教社会学入門　橋爪大三郎

宗教なんてうさんくさい⁉　でも宗教は文化や価値観の骨格であり、それゆえ紛争のタネにもなる。世界宗教のエッセンスがわかる充実の入門書。

ハーメルンの笛吹き男　阿部謹也

「笛吹き男」伝説の裏に隠された謎はなにか？　十三世紀ヨーロッパの小さな村で起きた事件を手がかりに中世における「差別」を解明。（石牟礼道子）

増補　日本語が亡びるとき　水村美苗

明治以来豊かな近代文学を生み出してきた日本語が、いま、大きな岐路に立っている。我々にとって言語とは何なのか。第8回小林秀雄賞受賞作に大幅増補。

子は親を救うために「心の病」になる　高橋和巳

子は親が好きだからこそ「心の病」になり、親を救おうとしている。精神科医である著者が説く、親子という「生きづらさ」の原点とその解決法。

クマにあったらどうするか　姉崎等　片山龍峯

「クマは師匠」と語り遺した狩人が、アイヌ民族の知恵と自身の経験から導き出した超実践クマ対処法。クマと人間の共存する形が見えてくる。（遠藤ケイ）

脳はなぜ「心」を作ったのか　前野隆司

「意識」とは何か。どこまでが「私」なのか。死んだら「心」はどうなるのか。――「意識」と「心」の謎に挑んだ話題の本の文庫化。（夢枕獏）

モチーフで読む美術史　宮下規久朗

絵画に描かれた代表的な「モチーフ」を手掛かりに美術を読み解く、画期的な名画鑑賞の入門書。カラー図版約１５０点を収録した文庫オリジナル。

**おまじない**　西加奈子

さまざまな人生の転機に思い悩む女性たちに、そっと寄り添ってくれる、珠玉の短編集、いよいよ文庫化！ 巻末に長濱ねると著者の特別対談を収録。

通天閣　西加奈子

このしょーもない世の中に、救いようのない人生に、ちょっぴり暖かい灯を点す驚きと感動の物語。第24回織田作之助賞大賞受賞作。（津村記久子）

沈黙博物館　小川洋子

「形見じゃ」老婆は言った。死の完結を阻止するために形見が盗まれる。死者が残した断片をめぐるやさしくスリリングな物語。（堀江敏幸）

注文の多い注文書　小川洋子　クラフト・エヴィング商會

バナナフィッシュの耳石、貧乏な叔母さん、小説に隠された〈もの〉をめぐり、二つの才能が火花を散らす。贅沢で不思議な前代未聞の作品集。（平松洋子）

図書館の神様　瀬尾まいこ

赴任した高校で思いがけず文芸部顧問になってしまった清（きよ）。そこでの出会いが、その後の人生を変えてゆく。鮮やかな青春小説。（山本幸久）

僕の明日を照らして　瀬尾まいこ

中2の隼太に新しい父が出来た。優しい父はしかしDVする父でもあった。この家族を失いたくない！ 隼太の闘いと成長の日々を描く。（岩宮恵子）

星間商事株式会社社史編纂室　三浦しをん

二九歳「腐女子」川田幸代、社史編纂室所属。恋の行方も友情の行方も五里霧中。仲間と共に「同人誌」を武器に社の秘められた過去に挑む!?（金田淳子）

ラピスラズリ　山尾悠子

言葉の海が紡ぎだす、〈冬眠者〉と人形と、春の目覚めの物語。不世出の幻想小説家が20年の沈黙を破り発表した連作長篇。補筆改訂版。（千野帽子）

聖女伝説　多和田葉子

少女は聖人を産むことなく自身が聖人となれるのか？ 著者の代表作にして性と生と聖をめぐる少女小説の傑作がいま蘇る。書き下ろしの外伝を併録。

ピスタチオ　梨木香歩

棚（たな）がアフリカを訪れたのは本当に偶然だったのか。不思議な出来事の連鎖から、水と生命の壮大な物語「ピスタチオ」が生まれる。（管啓次郎）

**三島由紀夫レター教室**　三島由紀夫

五人の登場人物が巻き起こす様々な出来事を手紙で綴る。恋の告白・借金の申し込み・見舞状等、一風変ったユニークな文例集。（群ようこ）

**コーヒーと恋愛**　獅子文六

恋愛は甘くてほろ苦い。とある男女が巻き起こす恋模様をコミカルに描く昭和の傑作が、現代の「東京」によみがえる。（曽我部恵一）

**七時間半**　獅子文六

東京―大阪間が七時間半かかっていた昭和30年代、特急「ちどり」を舞台に乗務員とお客たちのドタバタ劇を描く隠れた名作が遂に甦る。（千野帽子）

**青空娘**　源氏鶏太

主人公の少女、有子が不遇な境遇から幾多の困難にぶつかりながらも健気にそれを乗り越え希望を手にする日本版シンデレラ・ストーリー。（山内マリコ）

**御身**　源氏鶏太

矢沢章子は突然の借金返済のため自らの体を売ることを決意する。しかし愛人契約の相手・長谷川との出会いが彼女の人生を動かしてゆく。（寺尾紗穂）

**カレーライスの唄**　阿川弘之

会社が倒産した！　どうしよう。美味しいカレーライスの店を始めよう。若い男女の恋と失業と起業の奮闘記。昭和娯楽小説の傑作。（平松洋子）

**愛についてのデッサン**　野呂邦暢　岡崎武志編

夭折の芥川賞作家が古書店を舞台に人間模様を描く「古本青春小説」。古書店の経営や流通など編者ならではの視点による解題を加え初文庫化。

**おれたちと大砲**　井上ひさし

家代々の尿筒掛、草履取、駕籠持、髪結、馬方、いまだ修業中の彼らは幕末の将軍様を救うべく、奮闘努力、東奔西走。爆笑、必笑の幕末青春グラフティ。

**真鍋博のプラネタリウム**　真鍋博　星新一

名コンビ真鍋博と星新一。二人の最初の作品『おーい　でてこーい』他、星作品に描かれた挿絵と小説冒頭をまとめた幻の作品集。（真鍋真）

**方丈記私記**　堀田善衞

中世の酷薄な世相を覚めた眼で見続けた鴨長明。その人間像を自己の戦争体験に照らして語りつつ現代日本文化の深層をつく。巻末対談＝五木寛之

**落穂拾い・犬の生活**　小山清

明治の匂いの残る浅草に育ち、純粋無比の作品を遺して短い生涯を終えた小山清。いまなお新しい、清らかな祈りのような作品集。（三上延）

**須永朝彦小説選**　須永朝彦　山尾悠子編

美しき吸血鬼、チェンバロの綺羅綺羅しい響き、暗い水に潜む蛇……独自の美意識と博識で幻想文学ファンを魅了した小説作品から山尾悠子が25篇を選ぶ。

**紙の罠**　都筑道夫　日下三蔵編

都筑作品でも人気の〝近藤・土方シリーズ〟が遂に復活。贋札作りをめぐり巻き起こる奇想天外アクション小説。二転三転する物語の結末は予測不能。

**幻の女**　田中小実昌　日下三蔵編

近年、なかなか読むことが出来なかった〝幻〟のミステリ作品群が編者の詳細な解説とともに甦る。夜の街の片隅で起こる世にも奇妙な出来事たち。

**第8監房**　柴田錬三郎　日下三蔵編

剣豪小説の大家として知られる柴錬の現代ミステリ短篇の傑作が奇跡の文庫化。〈巧みなストーリーテリング〉と〈衝撃の結末〉で読ませる狂気の8篇。

**飛田ホテル**　黒岩重吾

刑期を終えたやくざ者に起きた妻の失踪を追う表題作など、大阪のどん底で交わる男女の情と性。直木賞作家の傑作ミステリ短篇集。（難波利三）

**『新青年』名作コレクション**　『新青年』研究会編

探偵小説の牙城として多くの作家を輩出した伝説の総合娯楽雑誌『新青年』。創刊から101年を迎え新たな視点で各時代の名作を集めたアンソロジー。

**ゴシック文学入門**　東雅夫編

江戸川乱歩、小泉八雲、平井呈一、日夏耿之介、澁澤龍彥、種村季弘――。「ゴシック文学」の世界へと誘う厳選評論・エッセイアンソロジーが誕生！

**刀**　東雅夫編

名刀、魔剣、妖刀、聖剣……古今の枠を飛び越えて「刀」にまつわる怪奇幻想の名作が集結。業物同士が唸りを上げる文豪×怪談アンソロジー、登場！

**家が呼ぶ**　朝宮運河編

ホラーファンにとって永遠のテーマの一つといえる「こわい家」。屋敷やマンション等をモチーフとした逃亡不可能な恐怖が襲う珠玉のアンソロジー！

**土曜日は灰色の馬**　恩田陸

顔は知らない、見たこともない。けれど、おはなしの神様はたしかにいる――。あらゆるエンタメを味わい尽くす、傑作エッセイを待望の文庫化！

**この話、続けてもいいですか。**　西加奈子

ミッキーこと西加奈子の目を通すと世界はワクワク、ドキドキ輝く。いろんな人、出来事、体験がてんこ盛りの豪華エッセイ集！（中島たい子）

**なんらかの事情**　岸本佐知子

エッセイ？　妄想？　それとも短篇小説？　……モヤッとするのに心地よい！　翻訳家・岸本佐知子の頭の中を覗くような可笑しな世界へようこそ！

**絶叫委員会**　穂村弘

町には、偶然生まれては消えてゆく無数の詩が溢れている。不合理でナンセンスで真剣だからこそ可笑しい、天使的な言葉たちへの考察。（南伸坊）

**柴田元幸ベスト・エッセイ**　柴田元幸編著

例文が異常に面白い辞書。名曲の斬新過ぎる解釈。そして工業地帯で育った日々の記憶。名翻訳家が自ら選んだ、文庫オリジナル決定版。

**翻訳教室**　鴻巣友季子

「翻訳をする」とは一体どういう事だろう？　第一線の翻訳家とその母校の生徒達によるとっておきの超・入門書。スタートを切りたい全ての人へ。

**買えない味**　平松洋子

一晩寝かしたお芋の煮っころがし、土瓶で淹れた番茶、風にあてた干し豚の滋味……日常の中にこそある、おいしさを綴ったエッセイ集。（中島京子）

**杏のふむふむ**　杏

連続テレビ小説「ごちそうさん」で国民的な女優となった杏が、それまでの人生を、人との出会いをテーマに描いたエッセイ集。（村上春樹）

**たましいの場所**　早川義夫

「恋をしていいのだ。今を歌っていくのだ」。心を揺るがす本質的な言葉。文庫用に最終章を追加。帯文＝宮藤官九郎　オマージュエッセイ＝七尾旅人

**うれしい悲鳴をあげてくれ**　いしわたり淳治

作詞家、音楽プロデューサーとして活躍する著者の小説＆エッセイ集。彼が「言葉」を紡ぐと誰もが楽しめる「物語」が生まれる。（鈴木おさむ）

**杉浦日向子ベスト・エッセイ**　杉浦日向子

初期の単行本未収録作品から、若き晩年、自らの生と死を見つめた名篇までを、多彩な活躍をした人生の軌跡を辿るように集めた、最良のコレクション。

**お江戸暮らし**　杉浦日向子

江戸にすんなり遊べる幸せ。漫画、エッセイ、語りと江戸の魅力を多角的に語り続けた杉浦日向子の作品群から、精選して贈る、最良の江戸の入口。

**向田邦子シナリオ集**　向田邦子　向田和子編

いまも人々の胸に残る向田邦子のドラマ。「隣りの女」「七人の刑事」など、テレビ史上に残る名作、知られざる傑作をセレクト収録する。（平松洋子）

**甘い蜜の部屋**　森茉莉

天使の美貌、無意識の媚態。薔薇の蜜で男たちを溺れ死なせていく少女モイラと父親の濃密な愛の部屋。稀有なロマネスク。（矢川澄子）

**貧乏サヴァラン**　森茉莉　早川暢子編

オムレット、ボルドオ風茸料理、野菜の牛酪煮……。食いしん坊茉莉は料理自慢。香り豊かな〝茉莉ことば〟で綴られる垂涎の食エッセイ。文庫オリジナル。

**紅茶と薔薇の日々**　森茉莉　早川茉莉編

天皇陛下のお菓子に洋食店の味、庭に実る木苺……森鷗外の娘にして無類の食いしん坊、森茉莉が描く懐かしく愛おしい美味の世界。（辛酸なめ子）

**遊覧日記**　武田百合子　武田花・写真

行きたい所へ行きたい時に、つれづれに出かけてゆく。一人で。または二人で。あちらこちらを遊覧しながら綴ったエッセイ集。（巖谷國士）

**ことばの食卓**　武田百合子　野中ユリ・画

なにげない日常の光景やキャラメル、枇杷など、食べものに関する昔の記憶と思い出を感性豊かな文章で綴ったエッセイ集。（種村季弘）

**クラクラ日記**　坂口三千代

戦後文壇を華やかに彩った無頼派の雄・坂口安吾との、嵐のような生活を妻の座から愛と悲しみをもって描く回想記。巻末エッセイ＝松本清張

**妹たちへ**　矢川澄子ベスト・エッセイ　矢川澄子　早川茉莉編

澁澤龍彥の最初の夫人であり、孤高の感性と自由な知性の持ち主であった矢川澄子。その作品に様々な角度から光をあて織り上げる珠玉のアンソロジー。